사랑의

아포리즘

사랑의
아포리즘

펴 낸 날 2019년 4월 26일

지 은 이 최정인
펴 낸 이 이기성
편집팀장 이윤숙
기획편집 이민선, 최유윤, 정은지
표지디자인 이민선
책임마케팅 임용섭, 강보현
펴 낸 곳 도서출판 생각나눔
출판등록 제 2018-000288호
주   소 서울 잔다리로7안길 22, 태성빌딩 3층
전   화 02-325-5100
팩   스 02-325-5101
홈페이지 www.생각나눔.kr
이 메 일 bookmain@think-book.com

• 책값은 표지 뒷면에 표기되어 있습니다.
  ISBN 978-11-966724-8-5 (13810)

• 이 도서의 국립중앙도서관 출판 시 도서목록(CIP)은 서지정보유통지원시스템 홈페이지(http://seoji.nl.go.kr)와 국가자료공동목록시스템(http://www.nl.go.kr/kolisnet)에서 이용하실 수 있습니다(CIP제어번호: CIP2019013459).

사 랑 의

아 포 리 즘

최정인 지음

생각나눔

사랑하노라, 사랑하노라라기보다는
나는 인생을 예찬하노라

| 서문 |

나는 황해도 사리원 북리 28번지, 외딴집 과수원에서 태어났습니다. 1950년 6·25사변 때 부모를 따라 월남하였고, 10대에는 해양소년단 단원, 신문 배달과 독학으로 미래를 꿈꾸면서 살았습니다. 20대 초에 절치부심하여 문단에 데뷔한 후에 기자, 편집자를 거쳐 30대에 잡지사 사장이 되었고, 40대에 신군부가 자행한 언론통폐합으로 파산하게 되자 심기일전하여 성직자의 길을 걷고자 신학교에 입학하여 신학을 공부하였습니다. 50대에는 목회학 박사, 대학교 법인인, 하와이 인터내셔널신학대학원 한국학부 교수를 역임하였고, 60대 초에 필리핀 선교사로 파송되었습니다. 그 후 선교사로서의 사명을 다하려고 산간벽지와 낙도를 찾아 헤매면서 오늘에 이르게 되었습니다.

그 어간에 기록한 일기가 27년, 27권입니다. 이번에 상재한 『사랑의 아포리즘』은 청년기의 일기에서 발췌한 것들입니다. 아포리즘이 1천 편이요, 대구법으로 기술하였기 때문에 총 2천 편을 수록하게 되었습니다. 이는 모두 일생을 피난민으로 살 수밖에 없었던 역경의 침전물들이고, 다양한 직종을 거치면서 체득한 각성의 기록물들이라고 할 것입니다.

함축된 의미를 찾다 보니 한문을 많이 쓰게 되어서 죄송한 마음입니다. 앞으로의 생애가 어떠할지 가늠할 수는 없으나 100세가 되어도 도전적인 삶을 살지 못할 것인가 하는 아직도 나는 꿈꾸는 소년의 마음입니다. 나의 나 되지 못함을 고백하면서, 그동안 저에게 사랑을 베풀어주신 모든 이에게 감사의 인사를 드리며, 이 땅의 젊은 영혼들에게, 그리고 평생의 동역자요, 내자인 백삼진 선교사에게 이 책을 드립니다.

2019년 4월 26일
금혼식 날 최정인

제01장 **떠도는 자의 미학**

'내가 만약 지금까지 걸어온 길만을 고집하면서 걸어간다면 길 바깥에
또 다른 길이 있음을 발견하지 못할 것이다.

1. 나여! 나는 개척자의 길을 가련다.

내가 만약 지금까지 걸어온 길만을 고집하면서 걸어간다면 길 바깥에 또 다른 길이 있음을 발견하지 못할 것이다.

2. 땀 흘리는 자리가 내 자리다.

내가 개척한 자리가 아니라면 나의 자리일 수 없습니다.

3. 생각과 행위는 이성일인격(二性一人格)이다.

생각한즉 행동하고, 행동한즉 열매를 거두어야 합니다.

4. 기도는 유기물이며, 불가해(不可解)다.

기도란 무에서 유를 창조하는 믿음의 실체입니다.

5. 오만은 자신의 진정성을 저해하는 주범이다.

오만은 다스릴 수 없는 반지성(反知性)의 선봉장입니다.

6. 세계화는 개별화가 이룩한 전적이다.

내가 세계의 주인이라는 생각으로 살아야 합니다.

7. 자숙이면 난마(亂麻)도 없다.

좌로나 우로나 치우치지 않는 것이 자숙하는 길입니다.

8. 주의주장이 득세하면 편향(偏向)이 된다.

주의주장은 치유할 수 없는 온갖 사상의 온상이 됩니다.

9. 꿈을 꾸어라. 그러나 먹고살지는 말라라.

영원한 것이 이상(理想)이고, 그 외에는 모두가 이하(以下)입니다.

10. 원시보다는 근시가 우선이다.

하늘의 별만을 바라보지 말라. 눈앞에 구덩이부터 살펴야 합니다.

11. 사상 강좌는 자긍에 빠져있는 자들의 떡 잔치이다.

사상은 전염병과 같은 것이다. 한 번 전염되면 치료약이 없는 병원(病原)입니다.

12. 영혼과 육신의 무게를 달아보면 어느 것이 더 무거울까?

기도시간에 물어보시오.

13. 꿈이란 모두 무례한 것이다.

약속되지 않은 시간 속에서 만났기 때문입니다.

14. 위선자는 언제나 가능한 한의 밭만을 가(耕)는 자다.

가능하지 않은 밭을 가는 사람을 선각자라고 합니다.

15. 솔직한 것만이 능사는 아니다.

현명한 사람은 까발리면서 다니지 않는 사람입니다.

16. 시작과 끝 사이에는 과정이 있다.

현장인(現場人)으로 사는 사람이 행복한 사람입니다.

17. 단순한 것이 진리이다.

무식하도록 한 우물만 파는 것이 유식한 사람입니다.

18. 언제나 출발선 앞에 서있다고 생각하자.

매일, 매시간이 출발 아닌 때가 없는 인생길입니다.

19. 죄는 이해타산의 산물이다.

이해타산 없는 곳이 천국입니다.

20. 기회는 생각하기 나름이다.

기회는 기다림의 대상이 아니라 창출(創出)의 대상입니다.

21. **매일 새로움을 입고 살자.**

매일의 태양은 매일의 새로운 태양이고, 매일 아침의 나는 매일의 새로운 나여야 합니다.

---

22. **심령(心靈)의 집대성을 책이라고 한다.**

땀은 신성한 것이다. 심령에 젖어 있기 때문입니다.

---

23. **무흠(無欠)한 사람이 있을 수 있다.**

영(靈)의 생각과 육(肉)의 생각이 일치한다면 그를 가리켜 무흠한 사람이라고 하겠습니다.

---

24. **믿음과 소망과 사랑의 이름으로 세상을 보라.**

사랑이 믿음을 낳고, 믿음이 소망을 낳습니다.

---

25. **일기(日記)여, 내게 침을 뱉어라!**

쓰고 지우고, 지웠다가 다시 쓰는 것이 인생입니다.

---

26. **진리는 있다. 어떤 경우, 어떤 사안(事案)에든 곁들여 있다. 우리가 발견하지 못하고 있을 뿐!**

세상만사, 쓸데없는 물상(物象)이란 없는 법입니다.

27. 사람이 사람 되려 함은 비진리(非眞理)이기 때문이다.

오, 비진리가 진리에 더욱 매진하게 하는구나.

28. 사익(私益)이 있어야 국익(國益)이 있다.

국익과 사익은 동수(同數)여야 합니다.

29. 이것이 문제로다. 철새처럼 살 것인가,
    텃새처럼 살 것인가?

때와 장소를 잘 가려서 사는 사람을 현달(賢達)한 사람
이라고 합니다.

30. 신앙이 신념을 낳으면 종교가 되고,
    신념이 신앙을 낳으면 사이비가 된다.

어느새 자력종교(自力宗敎)가 타력종교가 되었고, 타력종
교(他力宗敎)가 자력종교가 되었습니다.

31. 종파(宗派)란 교리의 산물이었다가 신인(神人)의 여러 모
    습이 되었다.

종파란 신인협력설(神人協力說)이 낳은 것입니다.

32. 만상(萬象)을 깨우는 기도소리여!

기도가 소망을 구현해냅니다.

33. 일생이 죽음을 향해서 가는 노정이구나.

어떻게 사느냐가 아니라 어떻게 죽느냐가 더 중요합니다.

34. 칼은 녹슬지 않게 해야 한다.

교육은 개혁과 수구라는 양면의 칼날입니다.

35. 웃음은 만능열쇠다. 열지 못하는 문이 없는!

허심탄회한 것이 웃음입니다.

36. 생각은 나누어야 풍성해진다.

생각이 행동을 낳습니다. 실천이 없는 생각은 죽은 생각입니다.

37. 시간은 반복되지 않는다. 원형(圓形)이 아니기 때문이다.

인간은 직선입니다. 점선으로 되어있는!

38. 청년들이여! 문을 박차고 집 밖으로 뛰쳐나가라.

집안은 내치(內治)를 위한 장소일 뿐입니다.

39. 일원적(一元的) 이주제(二主題)가 판을 치고 있는 세상이여.

나는 나로되, 네가 있어야 내가 됨을 이제야 비로소 깨닫습니다.

40. 일사각오를 난용하지 말라.

일사각오는 오로지 공익을 위한 것이어야 합니다.

41. 생각, 말, 행동은 삼태생(三胎生)이다.

비슷합니다. 삼태생은, 누가 앞서고 뒤서고 할 것도 없이 같이 가야 합니다.

42. 미래로 가는 길은 현실이란 길뿐이다.

현실적 판단과 생산지수가 미래를 결정하게 됩니다.

43. 스스로는 스스로의 낭비가 아니었는가를 물어야 한다.

자신에게 묻고 스스로 답할 수 있다면 성인이라 하겠습니다.

44. 뜻은 말이 형상화되는 곳에서 이루어진다.

말이 말을 낳게 해서는 안 됩니다. 뜻이 말을 낳게 해야 합니다.

45. 희비쌍곡선이 내 안에 있다.

슬프게 하는 눈은 내가 나를 보는 눈이요, 기쁘게 하는 눈은 내가 너를 보는 눈입니다.

46. 상황이 인식을 새롭게 한다.

상황은 해석하기 나름입니다. 자기의 것으로 삼으면 됩니다.

47. 소신에는 책임이 따른다.

가장 어리석은 짓은 뉘우치면서 사는 것입니다.

48. 지면(紙面, 誌面)이 없는 문자는 죽은 문자다.

문자(文字)가 지면을 먹고, 먹은 지면이 문자를 발(發)하게 해야 합니다.

49. 아예 초대장 같은 것은 없다고 생각하라.

어디에 있든지 미친 존재감으로 살아야 합니다.

50. 내 탓은 없고 네 탓만 있는 세상이다.

책임 의식이 실종된 세상입니다. 이는 주인 의식이 없기 때문입니다.

51. 물권론(物權論)을 읽었다. 그보다 더한 배타적 이론이 따로 없었다.

나는 성경책 뒷장에 이렇게 적어 놓았습니다. "물권론은 물신론(物神論)의 다른 이름이다."

52. 진리란 나, 즉 자기 자신이다.

진리 안에 내가 있는 것이 아니라 내 안에 진리가 있어야 합니다.

53. 종횡의 관계 속에서 십자가가 태어난다.

종횡의 관계 속에서 생기는 것을 세파(世波)라고 합니다.

54. 꿈꾸는 자가 되어라.

일장춘몽도 안 꾸는 꿈보다는 낫습니다.

55. 피땀으로 다져진 곳을 터전이라 한다.

터전은 그것이 어떠하든 존중받아야 할 대상입니다.

56. 홍진 세상을 어떻게 살아야 하는가?

의성화(擬聲化)로, 또는 반어법(反語法)으로 살아야 합니다.

57. 무소신(無所信) 앞에 갈림길 있다.

좌냐? 우냐? 택일은 빠를수록 좋은 것입니다.

58. 주고받고, 받고 주고…. 해탈(解脫)이 없는 인간사로다.

오, 먹이사슬 속의 직종(職種)이여!

59. 수단과 방법은 쌍생아다.

수단이 방법을 낳고, 방법이 수단을 낳습니다.

60. 모두 다 내 시간 아님이 없다. 의식만 깨어 있다면!

의식의 흐름 속에 시간이 있습니다. 의식이 멈추면 시간도 멈추게 됩니다.

61. 빛이 있으라 하시니 어둠이 생겼고!

빛과 어둠을 나누시니 알력이 생겼습니다.

62. 우주 만물 조화가 대칭 속에 있다.

사물의 본질이나 존재 이유는 모두 피아간(彼我間)에 있는 것입니다.

63. 환경론과 개발론은 오월동주로세.

파괴는 건설의 어머니입니다.

64. 상응(相應)하는 곳에 생명이 있다.

둘이 합쳐야 자연수(自然數)가 됩니다.

65. 각종 규정이 죄를 낳는다.

법이 생기기 전에는 죄가 없었습니다.

66. 윤리는 우선순위를 따지는 것이다.

종속(種屬)의 개념 속에 빠져 있다면 그 또한 윤리라 할
수 없습니다.

67. 논(論)이 학(學)을 산출하였다.

주관을 객관화하면 논(論)이 되고, 객관을 주관화하면
학(學)이 됩니다.

68. 빛의 작용은 분별력(分別力)이 촉발한 것이다.

정신 작용은 목적론적 접근의 작용입니다.

69. 전쟁은 언제나 평화를 위한 것이었다.

평화는 전쟁의 의성어(擬聲語)입니다.

---

70. 희비쌍곡선은 먹거리에 있다.

먹거리의 교훈은 먹으면 먹은만큼 내보내야 한다는 것입니다.

---

71. 책무(責務)가 부모를 부른다.

훌륭한 부모는 자녀 앞에서 대답을 잘하는 부모입니다.

---

72. 크게 입을 벌려라.

기회의 폭은 입을 크게 벌릴수록 많아집니다.

---

73. 모든 것은 지나간다. 그러나 선악 간에 자취는 남는다.

가만히 있는 사람보다 말썽을 부리는 사람이 더 유능한 사람입니다.

---

74. 글쓰기가 잘되지 않는다. 특히 동명사(動名詞)가 그러하다.

세상살이의 요령이 품사(品詞) 속에 있는가 합니다.

75. 너는 아직도 길모퉁이에 서 있는가. 맹약이 휴지처럼 뒹
굴고 있는 길모퉁이에!

시계는 이미 초침을 삼킨 지 오랜데, 회의하며 반문하
며 자해(自害)하는 배덕의 계절입니다.

76. 상충이 없으면 화합도 없다.
역사는 대다수 반동의 역사입니다.

77. 해방 직후 신탁통치하에서 이런 소문이 떠돌았다.
"미국 놈 믿지 말고 소련 놈에게 속지 말자!"

믿고 속고 사는 것이 약소민족인가 합니다.

78. 무릇 세계란 연장(延長)의 세계다.
물질적, 정신적 현상의 모든 범위!

오늘은 어제의 연장이고, 내일은 오늘의 연장입니다.

79. 사랑은 호혜적인 것이다.
사랑은 변합니다. 호혜적이었다가 소 닭 보듯 하기도 합
니다.

80. 새것이란 없다. 변하는 것이 새것이다.

보수 안에 진보, 진보 안에 보수가 있어야 합니다.

81. 회계학을 읽을 수밖에 없다. 이토록 비정한 포만과 빈익빈(貧益貧) 앞에서는!

언제나 차감 잔액이 약손인 회계학입니다.

82. 우연히 태어난 물상(物象)이란 없다.

먼저 질문을 해봅니다. 나는 나의 무엇이고, 나는 무엇을 위해서 살고 있는가?

83. 악마를 보여 달라!

생사 간에서 발견할 수 있습니다.

84. 세월을 탓하지 않는 것 두 가지가 있으니 첫째는 체념이요, 둘째는 자족하는 마음이다.

탁류는 탁류대로, 공의는 공의대로 흐르게 해야 합니다.

85. 사랑은 유장(悠長)한 것이다.

사랑의 본질은 빨리 오지도 않고, 빨리 가지도 않는다는 것입니다.

86. 동행하는 삶보다 더 아름다운 것은 없다.

내 자리는, 그대의 옆자리가 바로 내 자리입니다.

87. 사랑은 빈자리를 채워주는 것이다.

맹약의 별빛이 서려 있는 자리가 우리의 자리입니다.

88. 호국 정신이 국민정신이다.

입대하기 전에는 자율적이더니 입대 후에는 타율적이고, 제대 후에는 양수겸장이더라.

89. 스스로 섰다고 생각하지 말라.

스스로 서려고 한다면 일가친척을 떠나야 합니다.

90. 참사랑은 일체(一切) 플러스 일치다.

거짓 사랑은 일체 없는 일치(一致), 일치 없는 일체라 하겠습니다.

91. 바꾸지 못할 환경이란 없다.

자기를 바꾸는 것이 환경을 바꾸는 것입니다.

92. **자기만족은 자기기만이다.**

오오, 벌써! 40대에서도 안분(安分)을 찾는 세상이라니?

93. **지성 위에 감성이 있다.**

어떤 경우든 내용을 감싸고 있는 것은 형식입니다.

94. **존재하는 것은 모두 실용주의에 입각한 것이다.**

개체의 존재 이유가 모두 진리입니다.

95. **최선이 최대를 진작시켜준다.**

최선(x)과 최대(y) 사이에 있어서 최선(x)은 최대(y)의 함수(函數)가 됩니다.

$y=f(x)$

96. **성패(成敗)는 모두 집착의 소산이다.**

형이하학이 집착을 증폭시키고 있는 시대입니다.

97. **사랑이란 성적(性的) 불일치가 촉발한 것이다.**

사랑의 갈등은 1+(1)=0이라는 등식 때문입니다.

98. 생각이 생각을 낳고 행위를 낳는다.

생각은 씨앗이고, 낳은 생각은 밭이요, 행위는 열매입니다.

99. 의욕이 의지를 지탱시켜준다.

과욕이라도 무욕보다는 낫습니다.

100. 결단의 시간이란 순간의 시간이다.

매 순간순간이 결단의 시간이 되어야 합니다.

제02장 사랑의 형식

사랑은 가시적인 것이고,
측정 가능한 것이다.

101. 진실한 사랑은 단세포 사랑이다.

사랑은 복잡하지 않습니다. 단순하고 명료한 것이 사랑입니다.

102. 실패한 사랑은 없다.

사랑에 빚진 사랑을 했다면 그가 바로 사랑에 승리한 사람입니다.

103. 자기 발현의 길에 명상이 있다.

명상의 문제점은 자기 주관을 벗어날 수 없는 데 있습니다.

104. 종교인은 비현실적으로 살고 있는 자다.

종교인은 미래에 호적을 둔 미래지향자의 대명사입니다.

105. 승리하였다는 것은 꾸준하였다는 말이다.

바다는 시냇물이 모여서 이룩한 시냇물의 연합체입니다.

106. 사물(事物)의 가치는 존재의 가치다.

사물에 서열이란 없습니다. 존재하는 것은 모두 평등합니다.

107. 주관을 객관화하라.

주관적, 가시적 판단이 오판을 불러옵니다.

108. 진리 안에 행복이 있다.

행복을 탐구하기 전에 진리부터 탐구해야 합니다.

109. 자만은 필요악(必要惡)이다.

현세(現勢)에서 자기가 자기를 세워주지 않으면 누가 자기를 세워줄 것인가?

110. 반려견의 세상이다. 반려자가 사람인 개 세상!

개 소리를 알아들으려면 개가 되어야 합니다.

111. 시간은 전진한다. 역전의 용사와 같다.

시간은 돌고 돌지도 않고, 역사는 반복되지도 않습니다.

112. 세월이 좀 쑤신다.

세월은 본래 청정한 것인데, 인본주의가 세월을 혼탁하게 하였습니다.

113. **사랑은 형체도, 형식도 없는 것이다.**

사랑은 하나의 기호(記號)일 뿐이나 사랑함으로써 형체
를 드러내고 형식을 만들게 됩니다.

114. **세월은 사람과의 혈맹의 관계다.**

현재는 과거의 대속물이며, 미래는 현재의 대속물입니다.

115. **누구나의 출발선은 언제나 평행선이었다.**

출발 후에는 모든 선이 각축선입니다.

116. **행동은 생각의 소산이다.**

행동하고 있는 사람이 생각하고 있는 사람입니다.

117. **열린 마음으로 살자.**

아무나 와도 좋소! 모두를 품는 총체적 사랑이 열린 마
음입니다.

118. **항상 갑이 옳고 을이 틀린 세상일 줄이야!**

긍정적으로 보면 갑은 선생님이요, 을은 학생입니다.

119. 진리가 진리일 수 있음은 역발상(逆發想) 때문이다.

흑암 가운데 거하라! 진리가 빛일 수 있음은 흑암 가운데 거하고 있기 때문입니다.

120. 칠전팔기는 학습의 결과다.

넘어져보지 않은 사람은 일어설 줄도 모릅니다.

121. 수동적 자세가 파란을 부른다.

악마의 속삭임 중에 제일 달콤한 말은 순응이라는 단어입니다.

122. 주관은 주관일 뿐이다.

세계는 객관의 세계입니다. 객관화되지 않은 사물은 허구일 뿐입니다.

123. 둥지를 틀고 살고자 하지 말라.

둥지를 틀고 사는 것은 짐승뿐입니다.

124. 사랑한다는 것은 공유한다는 것이다.

내 자리는 네 자리가 되어야 하고, 네 자리는 내 자리가 되어야 합니다.

125. 겉 사람과 속사람이 다를 바 없다.

형식이 내용을 보존하고, 내용이 형식을 빛나게 합니다.

126. 정신일도면 유비무환이다.

정신은 항상 갈고, 닦고, 죄이고 해야 정신입니다.

127. 영화는 예술성과 상업성 사이에서 태어난 사생아이다.

예술을 따르자니 상업이 울고, 상업을 따르자니 예술이
웁니다.

128. 완벽한 사랑은 없다.

사랑은 진취적이고, 때로 편협적이며, 폐쇄적입니다.

129. 완벽주의가 이중인격자를 탄생시킨다.

조금 부족한 것이 완전한 것입니다.

130. 생각에 본령(本領)은 없다.

이 생각, 저 생각! 생각은 떠돌이의 전형(轉形)입니다.

131. 잘못된 선택은 없다

인생은 선택의 문제가 아니라 책임의 문제입니다.

132. 만사는 언어로부터 시작된다.

태초에 말씀의 씨가 있었느니라.

133. 출발은 번복될 수 없다.

인생길이 천변만화하니 재미있는 길입니다.

134. 일기장과 함께 살아라.

그날그날 겪은 일이나 생각은 내일의 길잡이가 됩니다.

135. 사람이 사람다우려면 공적이어야 한다.

사람다운 사람은 행동보다 말이 앞서지 않고, 말보다 행동이 앞서지 않는 사람입니다.

136. 내 속에는 또 다른 내가 있다.

내가 나를 통어(統御)할 수 있다면 누구나 성자가 될 수 있습니다.

137. 검증 가능한 사실이 학문을 낳는다.

검증이 불가한 학문을 신학이라고 합니다.

138. 직능은 대다수 현장 체험을 바탕으로 성숙된 것이다.

직능은 체험 지수에 따라 차등이 있을 수 있습니다.

139. 천국으로 가는 길에 일터가 있다.

내가 나를 부양하면서 사는 시대를 100세 시대라고 합니다.

140. 청년들이여, 명제(命題)를 찾아라!

한 잔의 커피 속에 명제가 있습니다.

141. 오늘의 숙제가 내일을 부른다.

매일 충실하게 사는 것이 영원을 사는 것입니다.

142. 나는 분노한다. 평생을 일하고 심판을 받아야 한다니?

가슴 아픈 것은 자녀들에게 심판을 받아야 한다는 사실입니다.

143. 나는 독백을 사랑한다.

가타부타 독백이 나를 정화해줍니다.

144. 자고(自高)하는 마음으로 살고 지고!

깨어있는 열등감이 잠든 자신감보다 낫습니다.

145. 귀소본능이 가슴을 찢는다.

사방을 둘러보니 내 돌아가서 쉴 곳은 오직 내 집뿐이네.

146. 추억이 있는 여자가 아름답다.

행복한 사람은 추억 덩어리가 많은 사람입니다.

147. 내 존엄은 나의 몫이다.

친절, 겸손, 양보, 희생 등의 덕목은 경험주의자에 의하여 점차 퇴출당하고 있는 시대입니다.

148. 때로는 독재자가 나라를 구한다.

엄밀한 의미에서 국가와 민족을 위한 독재는 독재가 아닙니다.

149. 일생이 연극이었다.

젊어서는 젊은 역할, 늙어서 늙은 역할을 잘해야 합니다.

150. 사랑은 수미상접(首尾相接)하고, 수미상응(首尾相應)하는 것이다.

사랑이란 무엇인가. 옆집 할머니가 말씀하셨습니다. "머리는 둘인데, 꼬리는 하나로고!"

151. 내일이란 미착(未着)한 신용장과 같다.

오늘만이 확실한 보증수표입니다.

152. 여백의 아름다움이여!

여백이 희망입니다. 가득 차면 넘쳐버립니다.

153. 만유인력이 아니라면 사랑도 없다.

사랑의 방식은 방정식으로 해야 합니다.

154. 저 짝짓기 하는 무궁무진한 소리여!

우리가 비록 땅에서 살고 있지만, 하늘에 속한 삶을 살아야 합니다.

155. 아, 어머니! 나의 어머니!

나의 방황은 어머니의 품을 떠날 때부터 시작되었습니다.

156. 학문이 밥을 먹여준다.

삶의 질은 학문 응용 여하에 달린 것입니다.

157. 일기가 자기최면을 유도해준다.

언제든지 "나는 ○○○을 해야만 해!"라고 말하는 대신 "나는 ○○○을 할 수 있어!"라든지, "나는 ○○○이야!" 라고 자기암시를 해야 합니다.

158. 자기 잣대로 들이밀어라.

주안점(主眼點)이 자기 것이 아니라면 항상 꼴등을 하겠습니다.

159. 물질 만능이 악습을 연출한다.

물질은 본래 모두 선용(善用)을 위한 것들입니다.

160. 빛이 어둠을 먹고, 어둠이 빛을 먹는다.

가장 오래된 싸움은 빛과 어둠의 땅따먹기 싸움입니다.

161. 시간을 아끼지 말자.

시간을 적게 투자하면 적게 거두고, 많이 투자하면 많이 거둡니다.

162. 원인 없는 목적 없고, 목적 없는 원인 없다.

원인과 목적 없이 태어난 사람은 한 사람도 없습니다.

163. 생명은 의식 작용의 확산이다.

항상 깨어있어야 합니다. 깨어있는 의식이 생명입니다.

164. 물질처럼 간사한 것은 없다.

물질이 간에 붙었다가 쓸개에 붙었다 합니다.

165. 나는 나의 의지를 믿는다.

나는 나의 신념과 투지를 믿으며, 무엇을 하든지 반드시 성취할 것을 믿어 의심치 않습니다.

166. 최악은 제자리걸음이다.

최선의 발걸음은 삶을 끝없이 개선해나가는 데 있습니다.

167. 직업에서 자유롭게 하라.

직업에 충실하되, 포로는 되지 맙시다.

168. 제자리 지킴 이상의 보배는 없다.

없는 듯이 있는 사람이 보배입니다.

169. 진리에 변개(變改)란 없다.

진리에 테크닉을 구사하면 희극이 되고 유희가 됩니다.

170. 배워서 안 것을 활용치 않는다면 애써 배움에 무슨 의미가 있으랴.

학문의 요체는 응용이고, 총체적으로는 적용입니다.

171. 진리는 언제나 배고프다.

생명의 양식이 아니면 먹지를 않기 때문입니다.

172. 현장을 사수하라.

누가 주인인가? 현장에 있는 사람이 주인입니다.

173. 사랑, 사랑 내 사랑에 쓸개 빠진다.

사랑하므로 헤어지는 사랑도 있습니다.

174. 미래지향적으로 쓴 책을 양서(良書)라고 한다.

현실을 바탕으로 쓴 책을 잡서(雜書)라고 합니다.

175. 내가 먼저 서야 남도 세울 수 있다.

장기적인 안목에서 보면 이타적인 것이 이기적인 것입니다.

176. 삶 앞에서 삶의 길이 암담하다고 말하지 말라.

삶의 길을 찾아 실마리를 풀어가는 것이 재미있지 아니한가!

177. 나는 아웃사이더다.

성자처럼 되고 싶습니다. 문제는 성자가 세상 것들을 죄악시하고 있다는 사실입니다.

178. 입지를 더욱 굳게 하자.

초지(初志)를 일관(一貫)하는 것이 입지를 더욱 굳게 하는 것입니다.

179. 팀워크가 필승 전략이다.

뭉치면 살고, 헤어지면 죽습니다.

180. 시간이 없다고 말하지 말자.

시간은 온전히 일의 몫입니다. 일이 많으면 시간도 많은 법입니다.

181. 배포 위에 자신감이다.

자신감이란 후천적인 것입니다. 연마해야 합니다.

182. 일상을 희락으로 맞고 보내자.

먹고 자고 깨어서 맡은 바 일을 하면 일등 국민입니다.

183. 성대비(性對比) 요철(凹凸)을 뛰어넘어라.

산등성이처럼 올곧고 골짜기처럼 모두를 포용하는 사람이 됩시다.

184. 현실의 성과는 다소간 노역의 결과물이다.

결과물에 집착하지마세요. 최선을 다했다면 만점입니다.

185. 입지(立志)는 입지(立地) 위에 세워라.

가장 어리석은 사람은 남의 터 위에 집을 짓는 사람입니다.

186. 길은 끝나는 곳에서 다시 시작된다.

길이 있으면 걷고, 길이 없으면 만들면서 가면 됩니다.

187. 방랑은 젊은이들의 특권이다.

젊음의 존재론적 가치관은 영역 확장을 목표로 해야 합니다.

188. 진리는 선험적(先驗的)인 것이다.

진리란 이타적인 것이고, 공익적인 것입니다.

189. 도시가 비틀거리고 있다. 포식한 결과다.

도시의 확장은 배설물의 확장에 불과합니다.

190. 종교는 내생(來生) 플러스 현세의 것이다.

이단자는 현세와 내세를 별개의 것으로 보는 자입니다.

191. 양심(兩心)은 교류한다.

흑심이 양심을 수축(修築)하게 하고, 양심이 흑심을 각성하게 합니다.

192. 열린 마음이 세상을 품는다.

열린 마음은 사랑하고, 용서하고, 진취적인 마음입니다.

193. 아버지는 별세하면서 이렇게 유언하였다. "나는 안 죽어!"

생명은 숨이 아니라 혼에 있는 것입니다.

194. 아버지는 내게 "악해야 산다."라고 하시고, 어머니는 내게 "착하게 살아야 한다."라고 말씀하시네.

세파는 어느 때나 성악설(性惡說)과 성선설(性善說)의 대결장인가 합니다.

---

195. 노력이 축적된 것을 열매라 한다.

기술은 한정되어 있되, 노력은 무궁한 것입니다.

---

196. 경험이 자신감을 부양(浮揚)한다.

체득이 각성을 낳고, 각성이 자신감을 낳게 합니다.

---

197. 진리는 대개 체득된 것이다.

사변적(思辨的)인 방법으로는 아무것도 할 수 없습니다.

---

198. 나태의 극치를 관성(慣性)이라 한다.

개선이 최선이고, 타성이 최악입니다.

---

199. 영육 간(靈肉間)이란 없다. 하나이기 때문이다.

형식과 내용은 상호 보완관계입니다.

---

200. 긍정이 긍정을 낳고, 부정이 부정을 낳는다.

긍정을 부정하면 철학이 되고, 부정한 것을 다시 부정하면 신학이 됩니다.

제03장 허구와 과신 사이

이제야 나는 알 수 있다. 보이는 것은 잠깐이고 보이지 않는 것이 영원하다는 것을

201. 기량(技倆)을 경작하는 사람을 현대인이라고 한다.

최상의 교육은 일인일기(一人一技)의 교육입니다.

202. 능력은 배양되어 중첩된다.

칼집에 있는 칼은 칼이 아닙니다.

203. 긍정적 사고 60% 플러스 부단한 노력 40%가 성공 지수다.

철두철미하면 된다는 소신이면 필승입니다.

204. 밥상머리 공동체보다 우선하는 것은 없다.

집에서 깨진 밥그릇은 밖에서도 깨집니다.

205. 손을 아끼지 말고 먼저 내밀어라.

동지애(同志愛)는 두 손이 마주치는 곳에서 생깁니다.

206. 사람들은 이미 시위를 떠난 화살이다.

결과는 끝까지 가봐야 알 수 있는 것입니다.

207. 구경 인간은 피동적인 존재다.

때때로 쇼크를 먹여라. 자녀들에게!

208. 일쑤 생각이 제한된 틀을 만든다.

행동반경이란 생각이 만든 졸작입니다.

209. 사명감이 나를 병들게 한다.

평생교육이 평생을 일하게 합니다.

210. 특별한 인생이란 없다.

평등하다는 것이 특별한 것입니다.

211. 사랑은 열려있다.

오는 사랑 환영하고, 가는 사랑 환송합니다.

212. 남자는 웃으면서 울고, 여자는 울면서 웃는다.

새벽에 우는 새는 노래하는 새! 밤에 우는 새는 피를 토
하는 새!

213. 무의미한 사물(事物)이란 없다.

접물(接物)이 사물을 사물이게 합니다.

214. 시시비비(是是非非)가 생명이다.

남이 부는 피리에 춤추지 마십시오.

215. 책 속에는 난마(亂麻)가 있다.

다작다독(多作多讀)은 심신을 고달프게 할 뿐입니다.

216. 천국으로 가는 길은 무욕(無慾)의 길이다.

평화로운 세상은 자족하면서 사는 사람들의 세계입니다.

217. 빈곤 속에도 풍족(豐足)이 있다.

다함이 없는 것은 책무고, 인생입니다.

218. 몰입에 침을 뱉어라.

다변의 세계에서는 넓게, 멀리 보아야 합니다.

219. "누구 때문에!"라고는 말하지 말자.

원인은 밝혀서 거울로 삼고, 결과는 받아들여서 약으로 삼아야 합니다.

220. 갈증과 구도는 동의어(同義語)다.

목 타는 갈증으로 세계를 품고 있는 저 성스러운 사람 들이여.

221. 욕심을 욕심이라고 예단하지 말라.

욕심부려볼 만한 것 중의 제일은 믿음, 소망, 사랑입니다.

222. 나를 도구(道具)라 불러 달라!

만상(萬象)은 지명하여 부르기 전까지는 외형에 불과할 뿐입니다.

223. 가부간 교차점에는 돈, 명예, 권세가 있다.

남성호르몬과 여성호르몬의 합성어가 돈, 명예, 권세입니다.

224. 일생일대의 생활 비품은 사고(思考)라는 일용품이다.

생각은 행동을 낳고, 행동은 열매를 낳습니다.

225. 인생길은 좁은 길, 넓은 길, 가부간 마음먹기에 따라서의 길이다.

마음은 밭이요, 생각은 씨요, 행위는 열매입니다.

226. 나는 용병(傭兵)이다. 처자가 부리는 용병(用兵)!

머슴처럼 사는 것이 남자의 운명인가 합니다.

227. 실력은 배양되는 것이고, 의지는 굳어지는 것이다.

자신에게 주먹질하는 사람이 튼실한 사람입니다.

228. 싸움은 일단 이겨놓고 볼 일이다.

싸움에는 가(可)도 없고, 불가(不可)도 없습니다.

229. 마이너스의 화신(化神)을 인정(人情)이라 한다.

계산이 없는 것이 인정입니다.

230. 때로는 과신이 용기를 북돋워 준다.

밀어붙이는 데는 유·무식이 따로 없습니다.

231. 인생은 자력에 대한 과신으로 존재하고,
신은 타력에 대한 확신으로 존재한다.

신인동격(神人同格)은 존재한다는 그 한 가지뿐입니다.

232. 코웃음을 치면서 살아라.

코웃음, 자기 승급을 위한 비하(卑下)입니다.

233. 육체 안에 정신이 있다.

항상 관리해야 할 것은 육체의 길입니다.

234. 은퇴 같은 것은 생각지도 말아라.

생업 전선에 끝장까지 은퇴란 없습니다.

235. 우리는 모두 길 위에 있다.

길이란 후대를 위하여 위해서 계속 닦으면서 가야 하는 길이어야 합니다.

236. 답하라, 소년들아! 바다가 부른다!

나는 해양소년단 창립 1기 단원이었습니다. "모여라, 소년들! 대한의 남아, 바다는 우리의 것 우리의 일터!" 그렇게 해양소년단 단가를 부르면서 아침마다 바닷가를 달렸습니다. 그것이 나의 첫 실패담입니다. 바다 건너 저편으로는 가지 못한 채!

237. 현실을 직시하되, 발은 담그지 말아라.

현실은 미래를 위한 발판일 뿐입니다.

238. 젊었을 때는 사랑을 갈구하고, 늙었을 때는 사랑을 타박한다.

젊었을 때는 사랑에 힘을 얻고, 늙었을 때는 사랑에 힘이 빠집니다.

239. 한 우물을 파라. 오직 자신을 위해서는!

이웃을 위해서는 여러 우물을 파야 합니다.

240. 자위행위는 자신에게 바치는 광시곡(狂詩曲)이다.

Largo(라르고)Andante(안단테)Andantino(안단티노)
Moderato(모데라토)Allegretto(알레그레토)Allegro(알레그
로)Presto(프레스토)Allegro Con Brio(알레그로 콘 브리오)!

241. 사람이 아닌 다음에야 사람이 된다.

조금 부족한 데서 나오는 것이 사람 냄새입니다.

242. 피붙이가 있는 곳이 명당이다.

태어난 곳이 고향이면 살고 있는 곳도 고향입니다.

243. 역사는 과도기가 점철된 것이다.

습속(習俗)을 버리자니 헌 부대가 울고, 습속을 따르자
니 새 부대가 웁니다.

244. 꿈결에 입맛 들인 세상이다.

실재하는 것만을 보고 살아야 한다면 얼마나 답답한 일
인가.

245. 나는 생각하는 일인칭이다.

내 생활, 내 생각의 틀을 깨고 나와야 참 나(眞我)의 이인칭, 삼인칭이 보이게 됩니다.

246. 남녀의 관념은 상생의 개념이다.

조물주가 상생의 개념을 창조하였더이다.

247. 지금이 바로 그때다.

바로 그때란 지각(知覺)이 현현되는 때를 말합니다.

248. 너는 지금 어디 있느냐? 무슨 일을 하고 있느냐? 무엇을 할 것이냐? 왜? 왜? 왜?

누워 있느냐? 앉아야 하고, 앉아 있느냐? 일어서야 하고, 일어섰느냐? 달려야 하느니라.

249. 실패는 일찍 포기할수록 좋다.

"다 잘 될 거야!"라고 하지마세요. 세상사, 믿음보다는 행위입니다.

250. 정보 수집자를 조심하라.

내 생각이 아니고, 누구한테 들었다며 자기 생각을 말하지 않는 사람은 음흉한 사람입니다.

251. 파괴는 건설의 어머니다.

누구나 한 개쯤은 유턴 카드를 가지고 있어야 합니다.

252. 육체는 영혼의 떡이다. 고로, 성별된 삶을 살아야 한다.

육체의 양식은 신망애(信望愛)라는 양식입니다.

253. 현대가 사단(四端)을 구하다.

사단(事端)을 푸는 것은 사단(四端)에서 찾아야 합니다.

254. 어머니, 나의 영원한 사표이신 나의 어머니!

어머니와 같이 생을 설계해보라. 과거, 현재, 미래가 모두 동일 선상에 있음을 깨닫게 되리라.

255. 어느 날 성현들이 모여서 '사람 바로 세우기'라는 주제
를 놓고 격론을 벌였다.

석가 왈, "참선뿐이오!"
공자 왈, "인의예지뿐이오!"
소크라테스 왈, "너 자신을 알라뿐이오!"
노자 왈, "무위자연뿐이오!"
예수가 결론을 내렸다. 가라사대, "사랑뿐이오! 아가페!"

256. 나름의 인생길에 실패란 없다.

나 자신의 성과물, 지금의 내게 사랑과 존경을 보낼지어다.

257. 다 옳고, 다 틀린 인생이다.

허구도 오래되면 실체가 됩니다.

258. 사랑이 평생의 족쇄일 줄이야!

나는 죄인이로소이다. 사랑을 저당 잡힌 흉측한 죄인!

259. 언제나 결승점이 가깝다고 생각하자.

한 발자국, 또 한 발자국, 과정에서 열매가 익어갑니다.

260. 지정의(知情意)를 탐색하고 기록한 것을 책이라 한다.

책 속에는 고정관념에 대한 경책(警責)이 있습니다. 강조가 필요한 대목입니다.

261. 인생을 길게 보고 천천히 걸어가자.

하루를 천 년같이! 천 년을 하루같이!

262. 진리를 보여달라!

노동하는 시간에 볼 수 있습니다.

263. 엇갈린 것들이 기적처럼 만나 부부가 된다.

행복은 합치는 것이고, 불행은 나누는 것입니다.

264. 결혼은 협치(協治)고, 협력이다.

자녀가 없으면 가정이라 할 수 없습니다.

265. 증자(曾子)가 말했다. "나는 날마다 하루 세 번 반성하노라."

첫째, 어디서(현장), 둘째, 무엇을(생각), 셋째, 어떻게(행위) 했는가를 재고해보는 것이 반성입니다.

266. 잡은 줄 놓지 말라.

우둔한 사람은 줄이 한 개밖에 없다고 생각하는 사람입니다.

267. 내 사전에 사표란 없다.

사표를 낸다고 관심가져줄 사람은 아무도 없습니다.

268. 무욕(無慾)을 원하는가? 세상 밖으로 나가야 한다.

욕심이 죄요, 욕구는 무죄입니다.

269. 건전한 육체는 사(邪)가 없는 것이다.

건전한 정신은 정(精)이 있는 것입니다.

270. 생체리듬이 생명을 낳는다.

인생은 내재율(內在律)과 외재율(外在律)의 합성 리듬입니다.

271. 가장 자신 있는 것부터 시작하라.

작은 것부터 찬찬히 하는 사람이 명장입니다.

272. 과거는 죽어있다.

과거에 연연하지 말고 현실에 충실해야 합니다.

273. 배움에도 한도가 있다.

그만하면 되었습니다. 평생 학습이면 배운 바를 언제 활용할 것입니까?

274. 청년들이여. 터전부터 닦아라.

남의 터전 위에 지은 집은 사상누각일 뿐입니다.

275. 족보 무용론이 피 가름한다.

친인척이 통성명을 합니다. "나는 부친의 아들이고, 조부의 손자며, 고조부의 현손이다." 이래야 잡혼이 없겠습니다.

276. 빈손은 빈손을 부른다.

귀가할 때는 신문 한 장이라도 들고 귀가합시다.

277. 순응은 하되, 순복은 하지 말라.

도전과 응전 속에 인생이 있습니다.

278. 나이 타령이 세월을 먹는다.

걸어온 길이 천 리라면 가야 할 길은 만 리입니다.

279. 정수(定數)가 아니면 말하지 말라.

미래에 대한 불확실성은 개체를 단위로 한 사고방식 때문입니다.

280. 공인(公人) 아닌 사인(私人)은 없다.

책무가 있는 사람은 모두가 공인입니다.

281 나는 누구인가? 타인과의 관계에서 인식되는 존재다.

내가 있으므로 그대가 있고, 그대가 있으므로 내가 있게 됩니다.

282. 외쳐라! 열화같이 타올라라.

자제한다고 다 옳은 일일까요? 심상(心象)에 물어봐야 합니다.

283. 사랑은 관용과 질책의 합성어다.

관용은 일회용이고, 질책은 다발용이어야 합니다.

284. 내가 중심선이다.

어차피 사회는 계급 집단입니다. 가정이 파괴되는 원인입니다.

285. 바보들의 세상이 천국이다.

바보들처럼 유무상통하면서 살게 되기를 희망해봅니다.

286. 내적 성숙은 외적 체험에서 오는 것이다.

경험이 선험을 구축(驅逐)하면 생활이 됩니다.

287. 모순에 빠졌다는 것은 자기중심에 빠졌다는 뜻이다.

진리는 주관이 아니라 객관입니다.

288. 긍정이 긍정을 부른다.

오늘 하루도 보람되었다는 생각을 하고, 내일도 보람될 것이라는 생각을 하자.

289. 일터가 생명이다.

생명은 피가 아니라 땀 속에 있는 것입니다.

290. 건강만이 틀림없이 약속을 지킨다.

이상을 실현하고자 하는가? 건강 챙기기가 우선입니다.

291. 중도(中道)가 무너졌다. 양극(兩極)에 의하여!

좌면 좌(左), 우면 우(右) 해야 합니다.

292. 자만하지 말자. 완전한 승리란 없다.

위축되지 말자. 완전한 패배란 없습니다.

293. "나 같은 것이!"라고 하지 말자.

나 같은 사람은 이 세상에 한 사람밖에 없는 소중한 사람입니다.

294. 생각은 종이접기와 같다.

생각을 접고 또 접으면 무엇인들 만들어내지 못하겠습니까?

295. 도그마에 빠진 저 다신(多神)을 보라!

주의(主義)가 죽어야 경구(警句)가 삽니다.

296. 성 윤리를 샛별처럼 빛나게 하자.

사랑은 중성(中性)입니다. 양(陽)을 만나면 양이 되고, 음(陰)을 만나면 음이 됩니다.

297. 세월이 미쳤지. 잡식(雜食)을 하다니?

세월이 시간과 물질과 정력을 마구잡이로 먹고삽니다.

298. 실존주의의 허구는 객관성이 결여되어있다는 점이다.

자신을 평가할 수 있는 주관의 객관화가 필요합니다.

299. 매일은 새로운 매일이다.

매일은 매일의 새로운 출발이어야 합니다.

300. 도락(道樂)의 최고봉을 다도(茶道)라 한다.

다도(茶道)가 아니면 어찌 금도(琴道), 기도(棋道), 서도(書道), 화도(畵道)가 있을 수 있으리오.

제04장 생각과 행동 일체

꿈은 꾸지 않은 꿈보다 낫고 망상은 하지 않은 생각보다 낫다.

301. 현학적(衒學的)인 언행이 구토를 부른다.

지식기반사회에 있어서 유식하다는 것은 모 아니면 도입니다.

302. 내홍(內訌)이란 사상과 행동 일체의 엇박자 때문에 생긴 것이다.

말세라고 함은 방법이 수단이고, 수단이 방법인 세상을 말하는 것입니다.

303. 정신력이 생명력이다.

정신일도(精神一道)면 꿰뚫지 못하는 사물이 없습니다.

304. 생각의 통일이 행동의 통일을 가져다준다.

연애는 수동태이고, 결혼은 능동태입니다.

305. 사람이면 다 사람인가? 사람다워야 사람이다.

좋든, 그릇되든 자기 브랜드를 가지고 있어야 사람입니다.

306. 순례자는 말한다. 가야 할 길은 아득하고, 돌아갈 길은 바이없네.

순례자의 길은 영육 간의 괴리를 봉합하면서 가는 길입니다.

307. 아이야, 대해를 품어라.

도랑은 개울이 되고, 개울은 강물이 되고, 강물은 흘러서 바다로 가지 않음이 없습니다.

308. 아, 석양처럼 광휘를 뿌리면서 찬란히 사라져 갈 수 있다면!

어떻게 사느냐보다 어떻게 죽느냐가 더 큰 문제입니다.

309. 일생일대가 과실나무 같았으면!

과거는 뿌리요, 현재는 꽃가지며, 미래는 열매로 가득한 과실나무로 되어지이다.

310. 판도라의 상자 속에는 희망이 남아 있었다.

희망을 쪼개어보니 눈물에 젖은 빵이 들어있었습니다.

311. 생각을 나누어라.

생각을 합치면 고정관념이 되지만 나누면 보편타당한 진리가 됩니다.

312. 결혼은 남녀를 합성해서 벡터(Vector)를 구하는 데 있다.

이혼이란 결국 '자기찾기운동'에 불과합니다.

313. 의혈남아에 있어서 흐르는 것은 피요, 남는 것은 정신이다.

오오, 국립묘지에 약동하는 젊은 피들이 이렇게 조용히 누워있을 줄이야!

314 나는 던져졌다. 낙장불입이다.

나는 세상 속에 던져졌습니다. 던져진 자로서 합리주의와 비합리주의의 통합을 갈구하고 있는 실존입니다.

315. 나는 신 앞에 서있는 고독자이다.

어디로 갈지는 모릅니다. 그러나 어디로 갈 것인지 답안지는 항상 가지고 있어야 합니다.

316. 세상이란 걸신(乞神)의 대명사다.

과식만 하지 않는다면 이상적인 세상입니다.

317. 눈물은 감성의 미학이다.

지성은 비정합니다. 타협이 없고 자기 갈 길만을 가기 일쑤입니다.

318. 인내에도 법칙이 있다. 묵언(默言)으로 일관해야 한다는 법칙!

인내는 감내하는 정신을 말하는 것이 아니라 타개하는 행동을 말하는 것입니다.

319. 무릎에게 인생을 배워라.

무릎의 소용됨은 꿇을 때는 꿇고, 일어설 때는 일어선 다는 사실입니다.

320. 하늘은 행동하는 자의 편이다.

언제까지 기도만 하고 있을 것입니까. 응답받은 줄로 알고 밀고 나가야 합니다.

321. 행복을 원하는가? 마음부터 비워라.

행복은 외적인 풍요에서가 아니라 내적인 빈곤에서 찾아야 합니다.

322. 책 속에는 독선(獨善)이 있다.

책 속에는 독아(毒牙)가 있습니다. 먹히기 전에 먼저 씹어 먹어야 합니다.

323. 총체적으로!

개별적인 것은 좋지 않습니다. 총체적인 사상이 으뜸입니다.

324. 활자(活字)처럼 합력하면서 살아라!

네가 모음(母音) 하면 나는 자음(子音)이 될게!

325. 수창(酬唱)이 감질나게 열대야를 밝힌다.

너는, 너는 비가 되어라. 나는, 나는 목 타는 가뭄이 될게!

326. 세월이 겨같이 날려간다.

세월이여, 알맹이만 남기고 가거라.

327. 문화는 도취(陶醉)의 산물이다.

미쳐야 한다. 미치지 않고서야 어찌 금기서화 주색잡기 (琴棋書畵酒色雜技)의 진경(眞境)에 들 수 있으리오.

328. 전쟁을 구가(謳歌)하라.

전쟁은 언제나 인간의 죄악상에 대한 신의 심판과 속량으로 치러졌습니다.

329. 무슨 일에든 당사자가 되자.

바람직하지 못한 인간상은 제3의 인물입니다.

330. 일생일대는 시험(試驗) 아님이 없다.

마지막 시험이 사망이라는 이름의 통과의례일 줄이야.
대비를 잘해야 하겠습니다.

331. 시대정신을 폄하하지 말자.

백이(伯夷) 숙제(叔齊)도 수양산(首陽山)에서 그 시대의 고
사리를 뜯어 먹고 살았습니다.

332. 긍정이 긍정을 부른다.

이렇게 말하면서 삽시다. "세상은 아름답고, 사람들은
믿을 만하고, 인생은 언제나 즐거운 것이다."

333. 내 얼굴에 침을 뱉어라.

내 얼굴은 온갖 죄악에 물든 추악한 얼굴입니다.

334. 나는 세월에 저당 잡힌 자로다.

나는 사랑에 빚진 자, 평생 사랑의 빚을 갚으면서 살겠
습니다.

335. 황혼의 아름다움은 황혼이 되어서야 알 수 있다.

물러날 때를 알고 물러나는 사람이 아름다운 사람입니다.

336. 이상과 현실은 대척되지 않는다.

오늘날의 현실은 바로 당신이 구현한 이상적인 현실입니다.

337. 세월의 흐름을 아쉽다고 생각하지 마라.

정체된 것은 죽음이요, 흐르는 것은 생명입니다.

338. 명암(明暗)이 서로 보양식이다.

명암이 영존(永存)합니다. 부족함 없이 서로 먹여주면서 살기 때문입니다.

339. 시비(是非)의 어리석음이여. 다 옳고 다 틀린 세상인데!

말이 말을 낳고 기진하여 결국엔 망언을 낳습니다.

340. 노년에 철난다. 모두가 구정물인데 이제야 구역질을 하게 되다니!

사르트르가 말했습니다. "그는 이유 없이 존재하는 단순한 존재물, 곧 육체와 의식의 꿈틀거림에 지나지 않는 자신을 발견한다. … 구역질이란 자기 존재의 실상을 드러내는 것이다."

341. 생각이 먼저인가, 행동이 먼저인가?

창조적, 혁신적 사항은 생각(계획)보다 행동(실천)이 먼저입니다.

342. 성(性)은 성스럽다. 짝수일 때만!

성(性)이 홀수일 때는 요망스러운 것입니다.

343. 본색은 무색이다. 함양(涵養)이 색깔을 결정한다.

덕성은 성품에서 나오는 것이고, 인성은 교육에서 나오는 것입니다.

344. 세상이 모두 먹이사슬이로다.

천지창조의 원리는 먹이사슬의 원리입니다.

345. 최초의 선택이 운명을 좌우한다.

첫 단추를 잘 끼워야 합니다. 일단 출발하면 돌이킬 수 없는 길이 인생길입니다.

346. 과거는 살아있다.

현실적 의지는 모두 과거가 반영된 것들입니다.

347. 외골수를 찬양하라.

각종 직종의 창업자는 모두 외골수들입니다.

348. 목구멍이 교육청이다.

구경(究竟) 교육은 밥을 먹게 하는 일입니다.

349. 내가 주범이다.

사건의 발단은 내 속에 있는 또 다른 나를 몰아내지 못했기 때문입니다.

350. 사랑은 기술이다.

주는 것은 산술급수(算術級數)로 하고, 받는 것은 기하급수(幾何級數)가 되게 해야 합니다.

351. 수구(守舊)는 뿌리 정신이다.

뿌리가 견고하지 못한데 어찌 나무가 크게 자라기를 바라겠는가(根不固而 求木之長 / 韓非子)

352. 태초에 말씀의 씨가 있었느니라.

말씀에는 씨가 많아서 천만 가지 물상(物象)을 낳았습니다.

353. 종교는 세몰이 사냥터다.

종교인은 사냥감을 찾아 두루 헤매는 사냥꾼과 같습니다.

354. 현장을 사수하라.

현장인으로 사는 사람이 행복한 사람입니다.

355. 성공으로 가는 길은 길을 만들면서 가는 길이다.

작은 성취는 개인의 노력에 의한 것이지만 큰 성취는 협력을 통해서만 가능한 것입니다.

356. 빛이여, 어둠을 향해 달려라.

끼리끼리는 좋지 않습니다. 빛이 빛끼리 산다면 어둠은 어둠끼리 살 수밖에요.

357. 여백(餘白)은 신령하다.

넉넉합니다. 더 이상 행복을 추구하면서 살지 않겠습니다.

358. 창의적인 사람이 되자.

사람이 무(無)에서 유를 만들어낼 수 없으나 유(有)에서 유는 만들어낼 수 있습니다.

359. 생각을 바꾸면 인생도 바뀐다.

삶에 있어서 최대의 적은 매너리즘입니다.

360. 악역은 나의 몫이다. 내가 감당할 것이다.

악하게 살아야 한다. 악마를 이기려면 악마보다 더 악해져야 합니다.

361. 목적론이 인생을 이끈다.

목적 없는 사물(事物)이라고는 없다. 미물이라도 신이 설정한 질서에 이바지하면서 살고 있습니다.

362. 정의(定義)는 중다(衆多)하다.

정의가 정의로운 것은 다중(多衆) 채널이기 때문입니다.

363. 양양한 바다, 그 모반하는 파도를 보아라!

개혁 의지가 없으면 발전도 없습니다.

364. 오오, 공염불만 가득 차있는 세상이여.

염불(念佛)은 도시로 가고, 요설(饒舌)은 산사(山寺)로 가
시오.

365. 일생일대가 욕구의 발현 아님이 없다.

성욕은 본래적인 것이고, 물욕은 생태적인 것이고, 명예
욕은 사회적인 것입니다.

366. 내 이름은 그냥 기호(記號)다. 족보는 없다.

그대여! 내게로 와서 이름뿐인 나의 성씨(姓氏)가 되어다오.

367. 여자는 신의(信義)로 남고, 남자는 미태(美態)로 남는다.

바야흐로 남녀의 성(性)이 엇갈려 유니섹스가 되었습니다.

368. 아, 인세(人世)가 북망산일 줄이야.

사망은 넓은 길에서 역사하고, 생명은 좁은 길에서 역
사합니다.

369. 진리는 무한하다.

이 세상에서 추구하고, 저 세상에서 같이 사는 것이 진
리입니다.

370. 꽃이 피면 슬퍼하고, 꽃이 지면 기뻐하라.

화무십일홍(花無十日紅)인데, 꽃이 떨어져야 열매를 맺습니다.

371. 계시(啓示)는 제시(提示)된 것이다.

계시를 받아먹으니 어찌 그리도 달고도 쓴지요. 생명의 동력이요, 말씀입니다.

372. 신(神)은 사람들에게 공간(空間)을 주었다.

시간은 신의 영역이고, 공간은 사람들의 영역입니다.

373. "불특정 다수를 살리려면 익명성(匿名性)을 높여야 하느니라." (말하면)

천사가 말한다. "생명책(生命冊)에 익명이란 없노라!" (합니다).

374. 생각을 단순화하라.

생각은 원래 단세포였습니다. 세파에 휘둘리다가 다세포가 되었습니다.

375. 심사숙고는 불확실성의 유물이다.

불안, 초조, 염려와 걱정 등은 생각이 다중(多重)하기 때문에 생긴 부작용입니다.

376. 능력은 자신감과 정비례한다.

능력은 무산대중(無産大衆) 속에서 찌그러져 있었으나 사건과 사물을 만나 크게 득세하게 된 행운아입니다.

377. 모방이 없다면 창의도 없다.

창의가 아류를 낳고, 낳은 아류가 창의를 낳습니다.

378. 선악은 반동으로 존재한다.

선악이 혼재함으로 사람 냄새나는 재미있는 세상이 되었습니다.

379. 삼식이(三食)가 어떻다고 함부로 말하지 말라.

많이 일한 사람이 많이 먹고, 조금 일한 사람이 조금 먹는 법입니다.

380. 군자(君子)가 죽었다.

대로(大路)에서 죽었다. 군자가 죽으니 여기도 노제(路

祭), 저기도 노제, 대로는 온통 곡성뿐인가 하외다.

---

381. 잡은 고기 놓아주지 말라.

고기잡이에 시대적인 공과(功過) 있습니다. 놓아줘도 공과
요, 놓아주지 않아도 공과입니다.

---

382. 빈손은 머리도 비게 한다.

손에 든 것이 무엇입니까? 새끼줄도 장악하면 동아줄이
됩니다.

---

383. 유식(有識)은 생각으로 하여 갇힌 바 되고 무식은 행동으로 하여 방임된다.

유식에는 영역이 있으나 무식에는 영역이 없습니다.

---

384. 역리(逆理)가 세태의 길 위에 있다.

지금까지 걷던 길을 거꾸로 걸으면 순리가 됩니다.

---

385. 두둑이 고랑되고, 고랑이 두둑된다.

두둑이 고랑되고, 고랑이 두둑되도 감사한 것뿐인 인생
입니다.

386. 습관은 구태의연한 것이다.

새로 고침을 누르십시오. 습관과 규정을 넘어야 새 세상이 보입니다.

387. '나중에'라는 것은 없다.

힘써야 할 때는 지금이 바로 그때입니다.

388. 조롱 속의 새들은 울지 않는다.

이 음습한 공간! 내가 아니면 누가 지킬 것인가?

389. 한 길이 표본이다.

핀에 박혀있는 나비는 죽어서도 두 날개를 활짝 펴고 있네.

390. 지식기반사회가 희망이다.

과거에는 영토를 많이 가진 자가 세계를 지배하였고, 현재는 자본을 많이 가진 자가 세계를 지배하고 있으며, 미래에는 지식을 많이 가진 자가 세계를 지배할 것입니다.

391. 현대사회는 과대 포장의 전시장이다.

축복받는 모습은 꾸밈이 없는 그대로의 모습입니다.

392. 보호 장벽을 쌓아라.

병원균이 바로 문 앞에 있습니다. 자기 정보를 함부로 유출하지 마세요.

393. 창업 정신만이 살길이다.

인제 그만, 남의 장단에 맞춰 춤추는 것도 유분수입니다.

394. 미쳐야 성공한다.

학문에 미친 사람이 학자가 되고, 사업에 미친 사람이 사업가가 됩니다.

395. 물상(物象)이 되어버린 저 군상들이여! 물상 파괴 어쩌고 하지 말라.

자연이 사람을 위해 있는 것입니다. 사람이 자연을 위해 있는 것은 아닙니다.

396. 정신력이 생명력이다.

무릇 존재한다는 것은 정신력이 지속해서 작용하고 있다는 말과 같습니다.

397. 행복은 행복을 느낄 때 행복이 된다.

행복이란 주관적인 감정의 경험입니다. 따라서 행복의
개념은 사람마다 같을 수가 없습니다.

398. 자기 배태 없는 열매는 없다.

배태(胚胎)를 원하는가? 외방(外房)부터 다스려 내방(內
房)에 들어야 합니다.

399. 미결철이 앞길 막는다.

성공으로 가는 사람은 완결철만 가지고 있는 사람입니다.

400. 퇴폐란 사색의 찌꺼기다.

바람직한 것이라고 함은 사색이 형상화되어서 나타난
것입니다.

제05장 과민증에 대한 진단

"인생의 주제는 존재가 아니라 인식이었다."
『존재와 상황』에서

401. 차라투스트라는 이렇게 말했다. "신은 죽었다. 신은 죽어 있다. 그리고 우리가 그를 죽였다. 살인자 중의 살인자인 우리는 어떻게 안식을 얻을 것인가?"

나는 죽었다. 나는 죽어있다. 그리고 내가 나를 죽였다. 살인자 중의 살인자인 나는 어떻게 안식을 얻을 것인가?

402. 행위가 수반된 사랑을 참사랑이라고 한다.

말뿐인 사랑은 죽은 사랑입니다.

403. 생명은 혼(魂) 속에 있다.

식물에는 생혼(生魂)이 있고, 동물에게는 각혼(覺魂)이 있고, 사람에게는 지혼(知魂)이 있습니다.

404. 짝짝이가 살길이다.

헌 신발도 짝이 있습니다. 한 짝만으로는 살 수 없는 세상입니다.

405. 아리스토텔레스는 "인간은 정치적 동물이다."라고 하였고, 카를 마르크스는 "인간은 사회적 동물이다."라고 하였다.

그러할지라도 인간은 문화적 동물이어야 합니다.

406. 세월과 씨름을 한다. 이겼다, 졌다 한다. 그러면 세월이
지쳐서 나보고 먼저 가라고 한다.

아닙니다. 나는 남고, 세월을 먼저 보내야 합니다.

407. 신념이 정신력을 발양한다.

미래란 따로 없습니다. 지금, 바로 여기가 미래의 산실
이요, 거주지입니다.

408. 의지보다 더 선행하는 것은 없다.

지정의(知情意)는 항상 있을 것인데, 그중에 제일은 의지
입니다.

409. 아버지, 저는 이대로가 좋아요. 양보하면서 착하게 살고
싶어요.

악하게 살아라! 양보하지 말라! 이놈!

410. 1962년도 '어린이날'에 장한 어머니로 선정된 사람은 뱃
사공 어머니이다. 뱃길 30리, 왕복 매일 2회, 120리를 배
를 저어 무려 5만여 리…. 6년 동안 초등학교를 통학시
킨 뱃사공 어머니였다.

그 어머니가 말했다. "내가 아이들에게 힘을 실어주는 것이 아닙니다. 아이들이 내게 힘을 실어줍니다." 아, 어머니!

---

411. **모순과 갈등이 소망을 키운다.**

신에게 있어서 사랑은 베푸는 것이고, 사람에게 있어서 사랑은 나누는 것입니다.

---

412 **세월이 일용한 양식이었다.**

세월이 양식이라면 앞으로도 많이 먹겠습니다. 기쁘고 즐겁게 먹겠습니다.

---

413. **우연이라고도, 필연이라고도 말하지 말라.**

구태여 말할 양이면 우연, 즉 필연이요, 필연, 즉 우연이라고 해야 합니다.

---

414. **시시비비가 꼬여있다.**

세상만사 '예'는 '아니다' 하고, '아니다'는 '예'라고 해야 정답입니다.

415. 정반합(正反合)으로 인생이 완성된다.

헤겔이 카를 마르크스를 낳았고, 카를 마르크스가 레닌과 엥겔스를 낳았고, 레닌이 프롤레타리아혁명을 통하여 스탈린과 트로츠키를 낳았고, 모택동과 피엘 카스트로와 호찌민과 김일성을 낳았고, 김일성이 좌파 파시즘을 낳았습니다.

416. 연대감이 생체리듬을 고취한다.

평생 조직원으로 사는 인생입니다.

417. 긴급동의요. 거꾸로들 서시오!

거꾸로 된 세상은 거꾸로 봐야 합니다.

418. 책상과 식탁은 하나이자 둘이다.

상아탑이 직업양성소가 되었습니다.

419. 운동에는 사심이 없어야 한다.

운동은 어떤 경우든 삶의 질을 높이기 위한 운동이었습니다.

420. 위정자(爲正者)라야 참 위정자(爲政者)다.

플라톤은 개인의 정의 속에서 국가가 탄생한다고 하였고, 바울은 국가권력에 대한 복종은 그 권력이 하나님께로부터 나오기 때문이라고 하였습니다.

421. 여백에는 생존의 논리가 있다.

여백은 미지수(未知數)에 대한 대입(代入)입니다.

422. 모험이란 상식의 지표(指標)를 뛰어넘는 것이다.

지금까지의 자기를 뛰어넘는 것이 모험의 출발입니다.

423. 예술은 문화에 취향을 덧입힌 것이다.

문화는 끊임없이 진리를 향해 나가는 정신적 활동이고, 취미는 감흥을 느껴 마음이 당기는 멋입니다. 취향이 문화를 진작시켜줍니다.

424. 저급한 취미는 유흥으로, 소모적이다.

고급한 취미는 도락으로, 창조적입니다.

425. 취미생활의 정통 족보는 주색잡기(酒色雜技), 금기서화
(琴棋書畵), 차(茶)와 분재(盆栽), 도예(陶藝)와 수석(水石)
이라는 분야가 아닐까.

술(術)에 속한 것은 색과 잡기이고, 예(藝)에 달한 것은
거문고와 분재, 도예와 수석이고, 도(道)에 이른 것은 술
과 바둑, 서예와 다도입니다.

426. 나는 너, 너는 나, 달리 부르는 이름이다.

능동적으로는 나는 너고, 수동적으로는 너는 내가 되는
이름입니다.

427. 생각은 한시적이어야 한다.

때로는 골똘한 생각이 기회를 놓치게 합니다.

428. 직업이 생명 존중을 고취해준다.

성직이 아닌 직업은 없습니다. 그것이 어떤 직업이든 생
명에 관계되지 않음이 없기 때문입니다.

429. 야근은 난센스다.

가학적입니다. 일할 때는 일하고, 쉴 때는 쉬어야 모범
일꾼입니다.

430. 따라서 하기는 따라잡기이다.

청출어람(靑出於藍)은 따라서 하기의 결과물입니다.

431. 성공으로 가는 대로란 없다.

성공의 제1조는 인내와 끈기라는 조목입니다.

432. 자기비하도 유분수다.

내가 나를 높여주지 않으면 누가 나를 높여 줄 것인가.

433. 때때로 자기최면을 걸어라.

나는 할 수 있다. 잘 될 거야. 다 잘되고말고!

434. 침묵으로는 아무것도 얻지 못한다.

짧은 침묵은 금이고, 긴 침묵은 은입니다.

435. 뜻은 높게 하고, 자세는 낮게 하라.

도랑이 시내 되듯이 참고 기다리면 크게 쓰임을 받게 됩니다.

436. 마구잡이는 때를 기다리지 않는다.

한 우물을 파라라는 것은 좌절을 맛본 사람들의 체험
담입니다.

437. 절개가 있는 마음을 본심이라고 한다.

불협화음은 대다수 마음과 생각의 괴리에서 발생하는
것들입니다.

438. 믿음이 행동을 가중한다.

믿음과 행위는 서로를 위한, 서로의 촉매제입니다.

439. 원칙 없는 적용을 임기응변이라고 한다.

적용 가능한 사안(事案)에 불가능은 없습니다.

440. 현안은 까발려야 한다.

보는 눈, 듣는 귀, 깨닫는 생각이 있는 사람은 유능한
사람입니다.

441. 일상(日常)이 진국이다.

일상이 100년이면 그보다 더 큰 축복이 없겠습니다.

442. 휴식 없는 문화를 고급문화라고 한다.

유희는 육체적인 피로를 풀어주는 양약이요, 도락은 정
신적인 피로를 풀어주는 자양입니다.

443. 차선(次善)이 왕왕 위선을 낳는다.

최선은 가부간에 나중에야 알 수 있는 진행형입니다.

444. 전사의 길에 밤낮이 따로 없다.

밤은 인간의 능력 발양을 위한 빛의 임시 처소입니다.

445. 시(詩)는 기능적인 면에서 처방문이다.

시인은 모든 것이 끝나는 끝자락에 서서 과거를 옹호하고, 미래를 동경하는 삶의 육성자입니다.

446. 인류 역사는 개발의 역사다.

개발만이 살길입니다. 인류 사회는 개발 집단 사회입니다.

447. 행위에 우선하는 결과물은 없다.

선험은 형이상학이고, 경험은 형이하학입니다.

448. 집념이 승리한다.

가치는 집념의 소산입니다.

449. 집착의 끈을 끊어라.

집착이 아집을 낳고, 아집이 독선을 낳습니다.

450. 세상을 길게 보아라.

바쁠 것 없는 저승길입니다. 아름다운 이승인데, 느긋하게 소요하면서 인생길을 갑시다.

451. 순간순간이 기회의 연속이다.

줄을 놓쳤다고 좌절하지마십시오. 다른 줄을 잡으면 됩니다.

452. 종교는 모두 원불 사상에서 비롯된 것이다.

종교는 신 중심, 자기중심, 타인 중심 사상으로 결집한 것들입니다.

453. 철학은 궁극적으로 개아(個我) 찾기 운동입니다.

종교의 궁극적인 과제는 개아 버리기입니다.

454. 사랑은 구속이다.

사랑은 네가 내 안에, 내 안에 네가 있으므로 완성됩니다.

455. 사랑은 복수(複數)다.

사랑의 양상은 명사, 대명사, 동사, 형용사, 조사, 감탄사, 관형사, 부사, 수사 등 9개의 품사(品詞)가 둘 이상

합력하여 이룩한 것입니다.

456. 일어나 빛을 발하라(사60:1).

민족과 부족들, 친지와 이웃들, 부모와 자녀들, 모두가 빛의 아들딸들 입니다.

457. 조사(助詞)가 여성격(女性格)이면 체언(體言)은 남성격(男性格)이다.

인내, 의지, 성실, 도전, 믿음, 소망 등등 이는 모두 체언에 대한 여성격 조사들입니다.

458. 가치는 땀에 정비례한다.

삶의 질은 결국 땀의 질입니다.

459. 끼리끼리를 타파하라.

주의 주장이 사상을 낳고, 낳은 사상이 편견을 낳습니다.

460. 성공으로 가는 길에 완급이 있다.

사안(事案)에 완급을 가미할 수 있다면 그는 이미 성공한 것과 다름없는 사람입니다.

461. 나는 독백을 사랑한다.

독백은 어떤 비밀도 말할 수 있어서 좋습니다.

462. 여가를 설계하라.

남보다 한 시간 더 공부하고, 한 시간 더 일한다는 자세를 견지해야 합니다.

463. 반복적인 행위가 태산을 움직인다.

기도와 믿음은 서로 공명하는 관계입니다.

464. 자긍심이 자신감을 일깨운다.

어디서 무엇을 하고 있든지 자신의 진보(進步)를 나타내야 합니다.

465. 어머니가 말씀하셨다. "돈은 만악(萬惡)의 뿌리니라."

어머니, 용서하세요. 악과 더불어서 살 수밖에 없는 아들입니다.

466. 지혜는 진화하는 것이다.

경험이 누적되면 지혜가 됩니다.

467. 직임(職任)을 사수하라.

직임의 종착지에 순국, 순직, 순교의 자리가 있습니다.

468. 생활환경이 신조를 낳는다.

신앙신조가 생활신조로 변질되고 있는 교계(教界)입니다.

469. 즉답의 경솔함이여!

듣기는 빨리하고, 말하기는 더디게 해야 합니다.

470. 연극이 끝났다. 오, 가슴에 사무치는 기승전결(起承轉結)의 감동이여!

인생길이 승패 간에 기승전결입니다.

471. 세상은 자원하는 자의 것이다.

누가 나를 지명해 불러주기를 기다리지 말지어다.

472. 꿈꾸는 사람이 되자.

꿈꾸는 사람은 무언가를 이루기 위해 부지런히 움직이는 사람입니다.

473. 일어서서 한가운데 서라.

제일 앞자리나 가운데 자리, 그 자리가 바로 당신의 자리입니다.

474. 귀의(歸依) 운명론자가 너무나 많구나.

행동과 결과는 인간의 자유의지에 따라서 결정되는 것입니다.

475. 여성의 사회 진출과 남성의 실업률은 반비례한다.

바야흐로 21세기에 남성들이 주방을 태반 점령하였습니다.

476. 나체를 찬양한다.

가식적 의상을 벗고 근원적 본체로 돌아가자.

477. 가슴 깊이 허공을 품어라.

허공은 넓고도 깊어서 육덕(六德)을 억만 개나 품고 있으리.

478. 충효 사상이 간성을 세운다.

자기 지킴이가 가정을 지키고, 나라를 지키게 됩니다.

479. 자기 현시를 위한 울리는 소리여.

청정하고 사념이 없으면 소리도 없습니다.

480. 뿌린 만큼 거두는 세상을 만들자.

더도 말고 덜도 말고, 추석만 같으면 여한이 없겠습니다.

481. 사물(事物)에는 귀천이 없다.

가장 귀중한 교훈은 형식과 내용이 하나 되게 하는 교훈입니다.

482. 웃음을 찬탄하라.

웃음을 연출합시다. 가내제절에 웃음을 줄 수 있다면 무슨 짓인들 못 하겠습니까.

483. 공부 벌레는 좋지 않다.

A 학점이라도 사회성이 부족하면 낙제점입니다.

484. 시간을 물 쓰듯 하라. 진리를 위해서라면!

어리석은 사람은 자기만을 위해서 시간을 쓰는 사람입니다.

485. 자기를 객관화하자.

"너 자신을 알라." 자기의 주관을 벗어버리면 알 수 있습니다.

486. 인생이란 수단 플러스 방법의 합성어다.

수단은 생각의 용법이고, 방법은 행위의 용법입니다.

487. 사건의 추이 속에 자신을 집어넣어라.

문제는 문제에 들어가서 문제가 되어야 풀 수 있습니다. 생각 그만! 실마리를 잡았다면 끌고 가면서 정리해야 합니다.

488. 어머니는 집이다.

귀소본능은 궁극적으로 어머니에 대한 본능입니다.

489. 건강이 없으면 영육도 없다.

건강과 총명과 지혜는 항상 있을 것인데, 그중에 제일은 건강입니다.

490. 비아(非我)의 끝에 진아(眞我)가 있다.

자기를 부인하면서 가는 길이 진리를 찾아가는 길입니다.

491. 필연의 연속선상에 시간이 있다.

생멸하는 것은 모두 필연의 연속 선상에 있습니다.

492. 나는 굴기하는 혼불이다.

책무가 없으면 존재도 없다. 책무가 사람을 사람답게 해
줍니다.

493. 유혹에는 믿음이란 미끼가 있다.

믿음은 자기 의지에 대한 간곡한 표명입니다.

494. 눈물과 웃음은 본래 쌍둥이였다.

DNA가 같아서 웃으면서 울고, 울면서 웃습니다.

495. 사랑의 문들을 열어젖혀라.

사랑의 주인은 먼저 문을 여는 사람입니다.

496. 동정(童貞)에 침을 뱉어라.

혼음의 시대상이다. 아비는 많은데 어미가 없습니다.

497. 늙으면 죽어야 한다.

20살 청춘도 정신이 죽어있으면 죽은 사람과 다름없습니다.

498. 때가 장소고, 장소가 때다.

때와 시각을 알려달라. 작업 현장에 가면 바로 알 수 있습니다.

499. 희생이란 상대적이다.

희생이란 희생할 가치가 있을 때만 희생이 됩니다.

500. 나에게 지혜와 총명과 용기를 주옵소서.

건강한 삶을 위해서는 지혜를, 슬기로운 삶을 위해서는 총명을, 도전적인 삶을 위해서는 용기를 주시옵소서.

제06장 주객이 전도되었다

"인생의 주제는 존재가 아니라 인식이었다."
『존재와 상황』에서 세상은 정원과 같고, 우리는 정원사와 같다. 폐원(廢園)의 노래를 불러볼까 한다

501. 사랑의 과정은 종교적이고, 성취한 다음에는 과학적이다.

사랑은 종교와 과학의 합성물입니다.

502. 사랑의 취약점은 이별할 때를 생각하지 않는다는 것이다.

사랑하기 때문에 이별하는 사람도 있습니다.

503. 사랑에는 증인이 필요 없다.

자기 사랑은 애련(愛憐)이고, 이웃 사랑은 애련(愛戀)입니다.

504. 사랑의 비극은 바로 "나는 너!"라는 것이다.

사랑의 기쁨은 바로 "너는 나!"라는 것입니다.

505. 천상은 연역적(演繹的)이고, 지상은 귀납적(歸納的)이다.

사랑은 귀납에 의해서, 이별은 연역에 의해서 발생합니다.

506. 생각이 가는 데 마음도 간다.

정신 작용은 생각이 머무는 곳에서 시작합니다.

507. 피땀의 결정체를 성과라고 한다.

피는 신의 것이고, 땀은 사람의 것입니다.

508. 진심은 언제나 현상(現象)의 뒤에 있다.

처세술의 제1장은 속내를 다 드러내지 않는 데 있습니다.

509. 고랑이 된 다음에야 두둑이 될 수 있다.

존중하는 자가 존중을 받고, 비난하는 자가 비난을 받습니다.

510. 뒤엣것을 잊고, 앞엣것만 바라보자.

생로(生路)는 언제나 앞에 있는 법입니다.

511. 생각은 구경 정서를 따라 하기다.

정서가 메마르면 생각도 메마릅니다.

512. 생의 가치론은 개체로서 보편성을 획득하는 데 있다.

사리(事理)에 맞는 것은 보편타당한 것뿐입니다.

513. 실물사상이 사물을 멍들게 만든다.

실물이 사람을 부리고, 귀신도 부립니다.

514. 문외한처럼 행동하기다.

때로는 아는 체하는 것보다 모르는 체하는 것이 더 유익합니다.

515. 성(性)의 취약점은 혼자서는 설 수 없는 데 있다.

성(性)이 접미사 역할을 하면 이루지 못한 것이 없겠습니다.

516. 어느 때나 시대정신은 개혁 정신이었다.

수구냐, 개혁이냐? 양면의 칼날입니다.

517. 행위 위에 믿음 있고, 믿음 위에 행위 있다.

열매는 믿음과 행위의 합작품입니다.

518. 인생길은 만들면서 가는 길이다.

가다 보면 사도에 빠질 수 있습니다. 그러나 돌이키면 정도(正道)입니다.

519. 나는 떠밀려 왔다. 익명의 군중 속으로!

내가 익명인지, 익명이 나인지 알 수가 없구나!

520. 오, 신이여! 영생하는 법을 가르쳐주소서.

세상에서 살고 있지만, 하늘에 속한 삶을 살면 됩니다.

521. 명암(明暗)이 절충하여 현세(現勢)를 만든다.

빛의 끝에는 어둠이 있고, 어둠의 끝에는 빛이 있습니다.

522. 보편성이 타당성이다.

특별한 것이라고는 없다. 보통이면 만점입니다.

523. 결혼은 불가입성(不可入性)을 깨트리는 유일한 행위다.

결혼은 1+1=1이고, 이혼은 1÷2=−1입니다.

524. 쌈짓돈이 시장경제를 살린다.

공익보다 사익(私益)이 형님입니다. 형님이 잘되어야 동생도 잘됩니다.

525. "너 자신을 알라."라고 소크라테스는 말했다.

존 두이가 말했습니다. "자아란 이미 만들어진 것이 아니라 끊임없는 행위의 선택에 따라 지속해서 만들어지는 것이다."

526. 출발보다 마감이 더 중요하다.

후퇴할 때를 알고 후퇴하는 사람은 행복한 사람입니다.

527. 시련은 축복으로 가는 징검다리다.

밤이 깊으면 깊을수록 새벽도 그만큼 가깝습니다.

528. 세상만사 쟁취하지 않음이 없다.

자유, 평등, 평화는 모두가 피에 젖은 전리품입니다.

529. 사랑은 언제나 목말라 있다.

사랑은 물먹는 하마와 같습니다. 계속 투자를 해야 합니다.

530. 유니섹스를 고발한다.

남자는 남자다워야 하고, 여자는 여자다워야 합니다.

531. 광선이 굴절하면서 사물(事物)을 낳는다.

빛의 사자는 굴절과 반사를 거듭하는 사람입니다.

532. 신은 우주를 창조하고, 시인은 세상을 재창조한다.

실재론으로 볼 때 시인은 허무를 창조하기도 합니다.

533. 종교가 인간성을 탈취해간다.

종교는 궁극적으로 인간을 생령이게 하는 데 있습니다.

534. 시간은 어디서 오는가? 나에게서 나오는 것이다.

시간의 출발은 내가 시간을 인식할 그때부터입니다.

535. 사단(四端)이 있는 곳에 흑백논리가 있다.

마음을 다스린다는 것은 사단을 다스린다는 말입니다.

536. 세월은 자정(自淨)하면서 흐른다.

참고 기다리면 세월이 모든 것을 해결해줍니다.

537. 관계에서 관계로 가는 것이 인생길이다.

창조론이 총론이라면 관계론은 창조의 각론이 됩니다.

538. 이성론을 찬양한다.

경험론과 감각론이 이성을 멍들게 합니다.

539. 살아있는 생각은 행동으로 나타난다.

말로서 말 많은 것은 죽어있는 생각입니다.

540. 실체가 없으면 진리도 없다.

진리는 어떤 형태로든 행복 속에 나타나게 되어있습니다.

541. 현실을 직시하라.

꿈꾸는 자여! 미래는 현재진행의 선상에 있습니다.

542. 연관(聯關)이란 연대의 형식이다.

인문과학과 자연과학이 연대한다면 이상 세계가 됩니다.

543. 사랑은 현실 의존법인 것과 미래 의존법적인 것 두 가지가 있다.

역사 의존법적 사랑은 식어버린 사랑입니다.

543. 구상(具象)이란 현실 인식 위에서 강구되는 것이다.

추상은 구상의 개념에서 인식 가능한 생각들을 추출해 낸 것입니다.

545. 매일의 아침은 매일의 새로운 아침이다.

주여, 오늘도 승리하는 하루가 되게 하소서!

546. 사랑은 단순 세포의 이식 개념이다.

결혼은 단순 세포의 이식 개념을 봉합한 것입니다.

547. 윤리란 형식을 중요시하고, 관습에 충실한 것이다.

형식이 내용을 감쌉니다. 형식이 깨지면 내용도 깨집니다.

548. 유리감이 충만한 이 자탄의 방에서 실존적 자각으로 발전하는 시침을 밤새 음미해본다.

중요한 것은 "나는 누구며, 어디서 와서 어디로 가고 있는가." 하는 자각입니다.

549. 이신론 너머에 신론이 있다.

신본주의가 인문주의를 완성토록 도와줍니다.

550. DNA의 다면체를 혈연이라 한다.

가정이 형상을 취할 수 있다면 다면체일 것입니다.

551. 낙엽이 부럽다. 낙하할 때를 알고 떨어짐으로!

낙하하고 있는 것은 낙엽뿐이 아닙니다. 모든 것은 떨어져야 올라갑니다.

552. 정열은 주관적 관점에서 유발되는 것이고,
냉혈은 객관적 판단에서 유발되는 것이다.

객관의 주관화와 주관의 객관화가 요구되는 현실입니다.

553. 방점이 모여서 방선이 되고, 방선이 모여서 면이 된다.

어리석은 사람은 방점만을 찍고 있는 사람입니다.

554. 음악이란 생식(生殖) 분만(分娩)의 합성어이다.

음악은 원래 유성(有性) 생식 언어인데, 21세기에 들어서
면서부터 무성(無性) 생식 언어가 되고 있습니다.

555. 오, 메들리! 유성(有性)과 무성 생식(無性生殖)의 동침 소
리로다.

꽃잎을 나비가 희롱하는 듯 유성음은 꽃잎이 되어 땅 위에
떨어지고, 무성음은 나비가 되어 하늘로 날아가고!

556. 믿음과 소망은 일란성(一卵性)쌍둥이다.

사랑의 기쁨은 믿음과 소망의 화합으로 이루어지고,
사랑의 슬픔은 믿음과 소망의 각축 때문에 일어납니다.

557. 자유가 없으면 평화도 없다.

자유민주주의는 세상의 것이고, 공화민주주의는 천상의 것입니다.

558. 천국으로 가는 길은, 서로 밀고 끌면서 가는 길이다.

행복은 더불어서 누리는 데 있다. 북새를 놓는 천국이 되게 하옵소서!

559. 사물(事物)들이 우리를 노리고 있다.

사물이 바로 활물(活物)입니다.

560. 자살이란 표현주의에 대한 신즉물주의(新卽物主義)의 반격이다.

이보다 더 극적인 것은 없다. 누가 있어 감히 사건, 사물에 목숨을 접목할 수 있을 것인가.

561. 감관지각(感官知覺)은 사물의 형편에 따르기 일쑤다.

순수현세(純粹現勢)로 대열해 선 인식의 세계에서 희비 쌍곡선을 긋는 것이 감각지각입니다.

562. 지금은 때가 아니라고 말하지 말라.

때가 아닌 때란 없습니다. 이때가 그때요, 그때가 바로
이때입니다.

563. 자조적인 열기에 뜬 병균들이 서서히 머리를 든다. 문명
의 논리를 우회적으로 비평한다. 수종(水腫)이 자학 행
위로 더욱 경련한다. 어둠 속에서 상생을 위해 미답의
지경을 탐색하기에 급급하다. 광녀를 끝까지 두둔하고
나선다. SOS! 절박 관념에 사로잡혀서 무전을 친다. 자
기 존재의 근원을 찾기 위한 몸부림이다. 자위행위는!

쇼펜 하우어는 말합니다. "그것은 살려는 의지의 권화
다. 이는 다음 세대를 형성하고 또 형성하여 똑같은 자
기를 살려 나가려는 의지인 동시에 전대(前代)의 자기 유
기체를 죽음으로 이끄는 것이다."

564. 먹이가 사람 잡는다.

속담에 "함정에 든 범이 있고 함정에서 뛰어난 범"이라
는 말이 있습니다. 먹이가 잡은 범 이야기입니다. 사람
은 먹이가 잡은 사람입니다.

565. 일터가 행복의 근원이다.

『논어』 술이편에 "나물 먹고 물 마시며 팔을 굽혀 베고 자도 즐거움이 또한 그 속에 있다(飯疏食飮水 曲肱而枕之 樂亦在其中)."라고 했습니다. 그 말 앞에 '일한 후에(工作之後)'란 단어를 추가합니다.

566. 새벽을 향해 달려라.

별빛이 찬란한 새벽이슬, 이슬을 흔드는 신선한 바람, 어디선가는 간간이 시냇물소리 들려오고…. 그것들처럼, 동트는 미명을 바라보면서 살아야 합니다.

567. 『방랑아』라는 소설을 읽었다. 자유로운 자연의 미를 동경해 바이올린을 끼고 산과 들, 숲과 계곡을 노래하면서 유머와 모험에 찬 삶을 칭송한 아인헨도르프(Josep Von Eichendrff)의 낭만 소설이다. 오, 자유! 자유!

아! 자유로운, 정열과 낭만이 넘치는 그런 노후를 살게 되었으면!

568. 나는 해양소년단 초대 단원이었다.

새벽마다 구보에 맞춰 단가를 부르면서 바닷가를 누볐다.
"모여라, 소년들! 대한의 남아.

바다는 우리의 것, 우리의 일터.

오대양 육대주에 나라 살림 도우세.

충무공의 혼에 사는 해양소년단.

나가세, 용감하게 넓은 바다로!

창망한 수평선으로 다 같이 나가세."

도전과 응전의 바다! 소년들이여, 파도를 잡으러 바다로 가자!

---

569. 아, 나에게 배가 있다면 바다 건너 저편으로 갈 수 있으련만!

바다 저편에는 무엇이 있을까. 노를 저어라! 저 늙은이 아직도 노 젓고 있네.

---

570. 일락서산(日落西山)에 간 떨어진다.

이제 모두 일어설 때이다. 미물도 집으로 돌아가는데, 너는 왜 아직도 그 자리에서 머뭇거리고만 있는 것이냐.

---

571. 이상향에 좌파, 우파란 없다.

비둘기가 날아오릅니다. 자유, 평등, 평화의 비둘기! 어디에서나 통용되는 통행증입니다

572. 이윤 추구에는 상하가 없다.

황제 경영은 부모가 하고! 순환출자는 자식들이 하고!

573. 여자가 먼저고, 남자는 나중이다.

정보화시대의 특징은 부계사회가 시들고, 모계사회가 승(勝)하고 있다는 사실입니다.

574. 세상만사 독불장군은 없다.

불통이면 독불이요, 소통이면 만사형통입니다.

575. 신은 지선(至善) 위에 있고, 사람은 지악(至惡) 아래 있다.

중용의 도를 집어던져라. 예면 예라고 하고, 아니면 아니라고 하자.

576. 세상은 이미 사탄의 놀이터가 되었도다(창세기 3장).

매년 10월 31일, 핼러윈 데이(Halloween Day) 사탄 놀이 그만하여라.

577. 보수는 독선에 빠지고, 진보는 편견에 빠진다.

보수 속에서의 진보, 진보 속에서의 보수가 필요한 시대입니다.

578. 인생에 은퇴란 없다.

노역(勞役)의 신성함이여. 신성한 곳에서 끝까지 거룩하게 지내고 싶습니다.

579. 의미가 없는 말을 소리라고 한다.

말로써 말 많은 것도 소리라고 합니다.

580. 사물(事物)에도 고향이 있다.

내가 그 이름을 불러주기 전까지는 고향도 없고, 이름도 없는 것이 사물입니다.

581. 완성된 사랑이라고는 없다.

사랑은 언제나 완성으로 가는 도정에 있을 뿐입니다.

582. 대지를 품어라.

모든 이야기는 두 다리로 땅을 굳게 밟고 선 다음의 이야기가 되어야 합니다.

583. 내가 먼저 서야 남도 세울 수 있다.

일인일기(一人一技)의 길만이 살길입니다.

584. 혼자서 가는 생명길이란 없다.

더불어 가는 길이 생명길입니다. 사람은 누구나 운명 공동체의 일원이라는 사실입니다.

585. 목마른 자에게 먼저 물을 주어라.

예수의 수제자 베드로: 누구나 와서 물을 마십시오(성경).

공자의 수제자 증자: 어버이가 먼저요(효경).

석가모니의 수제자 마하가섭: 말을 하지 않고 웃고만 있을 뿐(불경).

586. 모계사회가 되살아나고 있다.

외강내강(外剛內剛)의 여자와 외유내유(外柔內柔)의 남자 시대입니다.

587. 어머니는 늙지 않는다. 젊어서부터 늙으셨기 때문이다.

어머니는 우리에게 모든 것 희생으로 내어주시고, 우리는 자행자지(自行自止)하면서 눈물만 드렸더이다.

588. 하룻길 인생길이 벌써 80년이다.

아내와 두 손 잡고 서산을 바라보네.

589. 책은 채굴하지 않은 광산과 같다.

광산은 채굴하는 자의 감식안과 능력에 따라서 금, 은, 동, 철이 가려집니다.

590. 칸트의 비판철학으로 내 존재의 까닭을 판단해보니, 나는 개인주의자!

내 존재의 까닭은 내가 아닌 이웃들임을 되새겨봅니다.

591. 진선미를 향해 뛰어라.

제일 앞쪽에 예술가들이 있고, 제일 뒤쪽에 정치가들이 있습니다.

592. 난세에는 있는 듯 없는 듯이 살아야 한다.

젊어서는 동중정(動中靜)으로 살고, 늙어서는 정중동(靜中動)으로 살아야 합니다.

593. 철학의 귀결점은 언제나 생활철학이었다.

종교는 모두 생명존중사상에 나온 것입니다.

594. 희극 중의 희극은 평화를 위해서 전쟁을 불사한다는 것이다.

전쟁에는 패해도, 전투에서는 승리해야 합니다.

595. 전투적인 인생, 전투적인 가정이 되게 하자.

국가와 민족을 위한다고 가정을 도외시하는 일은 없어야 합니다.

596. 이상(理想) 위에 현실이다.

비현실적인 이상은 이상이 아닙니다.

597. 하늘 바라기 전에 땅 바라기요.

하늘의 별만 바라보다가 발밑 도랑에 빠지기 일쑤인 인생길입니다.

598. 오는 사람 오게 하고, 가는 사람 가게 하라.

무릇 역사란 이합집산(離合集散)의 기록입니다.

599. 예술 행위란 카오스에서 정화(精華)를 뽑아 올리는 작업
이다.

예술 행위는 만유(萬有)의 미추(美醜)의 제자리 찾아주기
운동입니다.

600. 자연현상이 직관 능력을 함양시켜준다.

가감은 죄악입니다. 있는 그대로가 참 진리입니다.

제07장 **미지수에 대한 논의**

나는 길 위에 있다. 다 이룬 것도 아니요,
다 이루지 못한 것도 아닌 길 위의 인간이다.

601. 사물(事物)은 나의 밥이다.

비극의 탄생은 사람이 사물의 노예가 되는 그때부터입니다.

602. 감성이 오성(悟性)을 촉발한다.

감성이 있는 사람이 참으로 오성이 있는 사람입니다.

603. 종교인이란 기계론적 사고방식에서 벗어나 있는 사람이다.

인본주의란 역학적 인간관계를 집대성한 것입니다.

604. 가정이란 이념과 신조가 하나로 뭉쳐있는 곳이다.

혼밥, 혼술, 혼잠이 웬 말입니까? 가정 파괴의 주범입니다. 가정이 없으면 영혼도 없습니다.

605. 이상향은 따로 없다. 이미 세상에 도래하였고, 계속 도래하고 있기 때문이다.

이상향은 도연명의 '무릉도원'에, 모어(More Sir Thomas)의 '유토피아'에, 제임스 힐턴(James Hilton)의 '샹그릴라'에 존재하고 있음을 증언하고 있습니다.

606. 방황은 젊은이의 특권이다.

방황이란 경험을 각각 달리해보는 오성(悟性)의 활동입
니다.

607. 생각은 여러 각도로 하되, 말은 한 가지로만 한다.
전인(全人)은 생각과 말과 행동이 일치하는 사람입니다.

608. 대상을 통해 심미안을 길러라.
내 생각, 내 행동이 올바르기 위해서 언제나 기도해야
합니다.

609. 예술가는 사물의 관점을 다각도로 제시하는 사람이다.
기술자는 현상만을 취하는 사람이고, 예술가는 그 현상
의 본질을 추구하는 사람입니다.

610. 홈스(Holmes)에 의하면 인간은 본래 편견적인 존재로서
자기중심적인 까닭에 선악의 구별에는 자기 주관을 따른
다고 한다.

선악에 대한 구별은 내게 유리한 것을 선이라 칭하고, 내
게 불리한 것을 악이라고 칭하는 데 있다고 하겠습니다.

611. 자기 주머니는 자기가 차고 다녀라.

생각과 말과 행동은 자기의 주장과 책임하에 돼야 합니다.

612. 나의 기업은 나 자신이다.

나는 나를 가(耕)는 자입니다. 씨 뿌리고 거두는 일은 모두 내가 하기 나름입니다.

613. 실천 없는 이론은 공수표일 뿐이다.

지도자는 생각하면서 행동하는 사람이 아니라 행동하면서 생각하는 사람입니다.

614. 자기를 발견하고자 한다면 먼저 주관을 객관화하라.

한 발짝 떨어져서 자기를 보면 자기 속에 있던 또 다른 자기까지 발견할 수 있습니다.

615. 대상이 없다면 삶의 의미도 없다.

나는 오늘도 야스퍼스의 실존해명에 동조하면서 인간의 본래적 자기는 대상을 통해서 숙성되는 것이라는 생각을 합니다.

616. 기점(起點)을 선점하라.

현재의 시점(時點)이 기점입니다.

617. 시종(始終)이 모두 내 것이 되게 하자.

시종이 온전히 내 것이면 모든 것이 만사형통입니다.

618. 배신은 상대적인 것이다.

자기 상승을 위해서 자리를 옮길 때는 옮겨야 합니다.

619. 정책의 싸움은 편견의 싸움이다.

주관에 철학이 없으면 편견이 됩니다.

620. 세계적 위기는 언제나 개똥철학이 종교를 침노할 때 생기곤 하였다.

성경적인 원리들이 진화론과 단일주의에 의하여 구시대의 산물처럼 된 때가 있었습니다. 그러나 지금은 과학이 경험적 재생산과 확증으로 성경을 대변하고 있는 시대입니다.

621. 사랑이란 애틋함과 긍휼함의 합성어이다.

결혼 전에는 관용 구도더니 결혼 후에는 대결 구도입니다.

622. 사랑은 불가분(不可分)을 낳고, 불가분은 불가해(不可解)을 낳는다.

시기와 질투는 사랑의 또 다른 이름입니다.

623. 실증주의자가 말한다. "와 보라!"

회의론자가 대답합니다. "가 보자!"

624. 매일 열매를 맺지 않는다면 언제 열매를 맺을 것인가.

매일의 작은 열매가 큰 열매를 맺게 합니다.

625. 종교란 자신을 채찍질하는 자체의 규범이다.

이단이 누구인가. 신인협력(神人協力)을 주창하는 사람들입니다.

626. 시간은 갈증이고, 물이고, 사람이다.

사람은 시간을 먹고사는 식충입니다.

627. 물리적 시간의 갈등으로 목적격이 태어난다.

목적 실현을 위한 행동의 세 단계는 결의와 선언과 실천입니다.

628. 내 속사람 탐구가 바로 진리 탐구다.

나를 두고 나를 찾아 헤매는 일상입니다.

629. 시계(視界) 제로의 세상이다.

유무상통(有無相通)하면서 공생공사(共生共死)해야 합니다.

630. 세월아, 나를 두고 먼저 가거라.

젊어서는 세월을 잊고 살고, 늙어서는 세월을 계산하면서 삽니다.

631. 나에게 일감을 달라.

일터가 없음을 한(恨)하지 말고 아이디어가 없음을 한해야 합니다.

632. 현상(現狀)을 보면 끝을 알 수 있다.

생명사상을 가지고 세상을 보면 존귀한 것이 아닌 게 없습니다.

633. 이미 정해진 운수란 없다.

인생은 자유의지에 있는 것이지, 운수에 있는 것이 아닙니다.

634. 공개념(共概念)적인 인생이게 하자.

선언적인 삶이 공개념적인 삶입니다.

635. 세상은 하나의 커다란 톱니바퀴다.

맞물려 돌아가는 것밖에는 다른 방법이 없는 세상입니다.

636. 영혼은 마음과 정신의 고향이다.

마음과 정신은 하나이자 둘입니다. 정신의 주체는 영
(靈)이고, 마음의 주체는 혼(魂)입니다.

637. 누가 나를 불러주기를 기다리지 말라.

자원(自願)하는 마음이 개척하는 개척자의 마음입니다.

638. 행불행(幸不幸)이 한 가족이다.

인간 만사가 새옹지마(塞翁之馬)면 행불행이 동일 선상
에 있음을 알 수 있습니다.

639. 근묵자흑(近墨者黑)이라고 했으니 나의 길을 가련다.

책을 가까이하고, 침대는 멀리해야 합니다.

640. 승기(勝機)를 잡고, 달고 살아라.

첫째는 확신감이요, 둘째는 양보 없는 투쟁이요, 셋째는 견인(堅忍)입니다.

641. 푯대를 향해 달려라.

푯대 세움이 먼저요, 달리는 것은 그다음입니다.

642. 축복받은 나날을 살고 있다고 생각하자.

고진감래(苦盡甘來)이면 생사고락이 모두 축복입니다.

643. 자기최면을 걸어라.

잘 될 것이다! 잘되고 있다! 잘 되었다!

644. 삶의 3대 요소는 시간과 물질과 정력이다.

시간과 물질과 정력을 다 바쳐 일하되, 함부로는 쓰지 말아야 합니다.

645. 창업의 길은 외근(外勤)에 있다.

사업 역량을 개발하고, 사업 아이템을 재고하는 데는 내근보다는 외근이라는 생각입니다.

646. 일탈(逸脫)로 가는 길에 안주(安住)가 있다.

인생의 길이 면학과 면려의 길임을 한시라도 잊어서는
안 될 것입니다.

647. 한 우물을 파라.

곳곳에 다니면서 우물을 파야 합니다.

648. 영생의 길에 생물적인 계대(繼代)와 영적인 계대가 있다.

유한한 인생이 무한직선(無限直線)을 어찌 다 측량할 수
있겠는가.

649. 성공했다고 자만하지 말고, 실패했다고 실망하지 마라.

무실역행(務實力行)이면 승패 간에 무슨 유감이 있으리오.

650. 당신은 특별한 사람이다.

당신은 이미 창세 전에 선택받은 특별한 사람입니다.

651. 태초에 아이디어가 있었다.

온갖 생물의 양상과 습성은 태초부터 확정된 것입니다.

652. 정신력은 집중력이다.

욕심을 내지 말자. 한 가지 일에만 매진해야 합니다.

653. 이기심 속에서 온갖 병균이 자생한다.

나눔과 베풂, 섬김이 선약(仙藥)을 낳습니다.

654. 자긍심을 가지자.

나는 세계성을 구축하고 있는 축이며, 구성인자(構成因子)입니다.

655. 창조 원리는 역할론이다.

오늘의 역할론은 서번트 리더십(Sorbent Leadership)입니다. 상대방을 높여주면서 비로소 내가 더 높아지는 이 리더십 이론은 창조적 역할론에 적합한 내용이 아닌가 합니다.

656. 말(言)에게 재갈을 물려라.

말(言)의 고삐를 단단히 감아쥐고 세파를 뛰어넘어라.

657. 생각의 끝에 변혁이 있다.

생각은 고정관념을 깨고 나오는 것이고, 합하는 것입니다.

658. 도무지 맹세는 하지 말자.

맹세를 경홀히 여기지 말라. 맹세는 언행일치를 도모하는 자신과의 약속입니다.

659. 빛과 어둠은 상생(相生) 관계다.

어둠 속에도 빛이 있고, 빛 속에도 어둠이 있습니다.

660. 민족성을 발양하여라.

다문화가족 시대를 맞이하여 문화상대주의와 반문화상대주의가 격돌하고 있는 현금입니다. 경계해야 할 것은 민족성의 결여가 아닌가 합니다.

661. 나의 길을 가련다.

일생일대의 길이 자유의지에 있습니다.

662. 생각의 차이가 아이디어를 낳는다.

생각은 나누어야 하는가, 합해야 하는가? 그것이 문제입니다.

663. 시대 조류를 타고 넘어라.

시대 조류는 차안(此岸)이면 순응이요, 피안(彼岸)이면 순복입니다.

664. 죽음을 향해 달려라.

불사조는 오백 년마다 한 번씩 자신의 몸을 불태운다고 한다. 사람은 매일 자신을 태워야 합니다. 죽어야 다시 살기 때문입니다.

665. 나는 세계 속의 조직원이다.

나는 가정과 국가, 사회와 민족, 어디를 가든지 책무가 있는 조직의 일원(一員)입니다.

666. 고삐 풀린 망아지 세상이다.

'Go'만 있고 'Stop'이 없는 시대를 말세라고 합니다.

667. 저 동행하는 아름다운 사람이여!

동행자가 없다면 반성해야 합니다.

668. **지혜는 짜내는 것이다.**

사랑은 주는 것이고, 믿음은 간직하는 것이고, 소망은
드러나게 해야 합니다.

669. **석상(石像)의 노래를 힘차게 불러라.**

호랑이는 죽어서 가죽을 남기고, 사람은 죽어서 비석을
남깁니다.

670. **세상 돌아가는 이치는 모두 생존본능에서 나온 것이다.**

세태가 모두 먹이사슬입니다.

671. **그루터기에 걸터앉아라.**

실패한 경우가 있다고 할지라도 누구에게나 재생의 그
루터기는 남아있습니다.

672. **미결철(未決綴)이 없는 사람이 바람직한 사람이다.**

결정은 신중히 하고, 실행은 신속히 해야 합니다. 그리
고 확인행정입니다.

673. 행복의 나라는 진리 안에 있다.

진리가 내 안에 있고, 내가 진리 안에 있는 사람이 진정
으로 행복한 사람입니다.

674. 나는 고독을 사랑한다.

노년의 고독이 사랑을 더욱 갈구하게 합니다.

675. 일기를 쓰자.

증자(曾子)는 하루 세 번 반성하면서 산다고 했습니다(吾日
三省). 일기는 반성문이고, 자신을 비춰주는 거울입니다.

676. 자녀들아, 시대의 동량이 되어라.

동량은 듣고 배우고 깨달아 실행하는 사람입니다.

677. 세상은 수단과 방법의 각축장이다.

수단이 승(勝)하면 방법이 되고, 방법이 승하면 수단이
됩니다.

678. 좋은 방편으로만 생각을 모으자.

좋은 부모 만나고, 좋은 친구 사귀고, 좋은 직장에서 일하면서 행복하게 살고 있으니 세상이 모두 복지인가 합니다.

679. 이타적인 사람이 되자.

풀 한 포기라도 자신을 위해서 존재하는 자연물은 하나도 없습니다.

680. 사랑은 그 자체만으로 완전한 것이다.

사랑이 지나치면 점령군이 되고, 사랑이 모자라면 포로가 됩니다.

681. 자기의 찌꺼기를 셈해보아라.

내게 남아있는 그것이 바로 나를 살리는 불씨입니다.

682. 차별화된 삶을 살아야 한다.

튀어야 성공합니다. 같은 목소리를 내면서 성공할 수는 없습니다.

683. 용인술(用人術)은 사람을 믿지 않는다.

용인술은 두 사람을 대척 관계에 놓이게 하는 데 있습니다.

684. 더불어 사는 곳에 행복이 있다.

서로 나누고 베풀면서 사는 곳이 천국입니다.

685. 사람이 법을 만들고, 법이 죄를 만든다.

법과 원칙이 생기기 전까지의 죄는 죄가 아니었습니다.

686. 아이디어맨이 되자.

이대로는 안 된다. 삶의 방편들은 계속 개선해나가야 하는 것들입니다.

687. 나는 당신을 위해서 태어난 사람입니다.

유기적인 관계 속에서 계대를 이루면서 살아가는 것이 인생입니다.

688. 개척정신으로 무장하자.

우리는 던져졌다. 세상에! 오오, 세상이 온통 개척해야 할 미개지일 줄이야!

689. 사물(事物)은 모두 긍정적으로 태어난 것들이다.

긍정이 능동(能動)을 낳고, 부정이 수동(受動)을 낳습니다.

690. 차등(差等)이 없을 수 없는 사회상이다.

아니라 할지라도 사회는 병영이고, 우리는 군인인 존재
들입니다.

691. 그림자도 주인이 있다.

그림자 없는 실체를 조심해야 합니다.

692. 낮아져야 올라간다.

정상의 정복은 낮은 데서부터입니다.

693. 현실에 충실하자.

현재는 과거의 연장이고, 미래는 현재의 연장입니다.

694. 집착이 승리한다.

사소한 집착을 버리고, 큰 집착에 올인해야 합니다.

695. 사표(師表)가 땅에 떨어졌다.

땅에 떨어진 것은 사표이기 전에 삼강오륜(三綱五倫)입니다.

696. 능력은 땀에 정비례한다.

땀이라는 자양분을 먹고 자라는 것이 능력입니다.

697. "여기까지!"라고 말하지 말자.

언제나 "또다시!"라고 말해야 합니다.

698. 수단과 방법이 서로 태질을 한다.

수단과 방법은 내 것일 때는 선한 것이 되고, 남의 것일 때는 악한 것이 됩니다.

699. 생명과 연계되어있는 것을 진리라 한다.

비진리는 생명과 관계없이 존재하는 것들입니다.

700. 남녀 관계는 방정식 관계다.

괄호를 그대로 두면 미지수 그대로이나 괄호를 벗기면 플러스는 마이너스가 되고 마이너스는 플러스가 됩니다.

제08장 내 세계로의 유영

나는 누구며, 어디서부터 와서 어디로 가고 있는가. 끊임없이 자문자
답하면서 살고 있다.

701. 과거, 현재, 미래가 한 가지로, 한 시간의 틀 속에 들어 있다.

지금 있는 것들은 옛날에도 있었고, 미래에도 있어야 할 것들입니다.

702. 줄을 놓쳤다고 낙담하지 말라.

많고 많은 것이 세상 줄입니다. 다른 줄을 잡으면 됩니다.

703. 자기에게 진실하자.

자신에게 부끄럽지 않은 삶을 살아야 합니다.

704. 기회가 날아다닌다.

기회는 따라가서 잡아야 하는 것입니다.

705. 자기의 진보(進步)를 나타내어라.

자기 존재의 당위성과 진정성을 과감하게 설파해야 합니다.

706. 더하기와 곱셈이 지옥도(地獄道)를 그린다.

행복으로 가는 길에 항상 있을 것은 마이너스와 나누기의 법칙입니다.

707. 평생 빚쟁이 인생이다.

의무는 책임을 다하는 것이고, 도리는 본분을 다하는 것입니다.

708. 생각만으로는 아무것도 되지 않는다.

선험을 유보하라. 확실한 것은 경험을 통해서 보는 것뿐입니다.

709. 물은 그 근원을 따지지 않는다.

강물은 모두 실개천 출신입니다.

710. 끝까지 버티고 남아야 인생이다.

끝까지 남는 단어가 문장이 되고, 끝까지 남는 소리가 가락이 되고, 끝까지 남는 돌멩이가 조각이 되고, 끝까지 남는 색채가 그림이 됩니다.

711. 무슨 문제든 부딪치고 볼 일이다.

부딪쳐야 불꽃이 튀듯 답이 나옵니다.

712. 일상을 공인(公人)처럼!

신앙인이 공인입니다. 신앙인은 어느 것 한 가지라도 사적으로 행동해서는 안 되는 사람입니다.

713. 합당치 않는 자리란 없다.

'나는 어디든지 가고 앉을 수 있다.' 그런 신앙심으로 살아야 합니다.

714. 바른 자세가 정신까지를 바르게 한다.

바른 정신의 소유자는 바르게 앉고, 바르게 서고, 바르게 걷는 사람입니다.

715. 자존심을 굳게 잡아라.

자존심은 신념의 구심점이고, 의지를 지탱해주는 힘의 원천입니다.

716. 내가 희망이다.

내가 바로 서야 가정이 바로 서고, 가정이 바로 서야 사회가 바로 섭니다.

717. 열매 맺는 생활을 하자.

하루에 한 가지씩 실천하면서 사는 것이 하루에 한 가지씩 열매 맺는 생활입니다.

718. 일어나서 스스로 서라.

누가 나를 세워주기를 기다리지 맙시다.

719. 내 분수(分數)에 침을 뱉는다.

나는 미래다. 현재의 신분은 내일을 향한 디딤돌일 뿐입니다.

720. 최악은 정신 따로, 육체 따로 일 때다.

최선은 생각과 행동이 혼연일체가 될 때입니다.

721. 과업이 나를 부른다.

오오, 어서 과업이여 오라! 힘차게 대답하고 달려가리다.

722. 인생이란 단어는 도전과 응전의 합성어다.

참으로 위대한 사람은 도전적인 인생을 사는 사람입니다.

723. 도시는 만원이다. 더 입장할 수가 없다.

학연, 혈연, 지연으로 시골도 만원입니다.

724. 실존을 넘어 피안으로!

실존이 인간의 순수한 본질을 역행하게 합니다.

725. 생각과 행동은 교차 순환하는 것이다.

참으로 생각하는 사람은 생각을 행동으로 나타내고, 참으로 행동하는 사람은 행동으로 생각을 확증하는 사람입니다.

726. 버려야 할 미련이란 없다.

미련이 있는 사람은 사랑이 있는 아름다운 사람입니다.

727. 예스맨이 근간을 이룬다.

노맨은 사회조직의 근간을 흔드는 사람입니다.

728. 유·무식(有無識)이 따로 없다.

유식이 무식이고, 무식이 유식인 세상입니다.

729. 비워야 채운다.

차면 넘칩니다. 조금 모자라는 것이 만점입니다.

730. 돌아가자, 내 집으로!

육신은 흙이니 흙으로 돌아가고, 영혼은 영이니 하늘로 돌아가야 하는 존재입니다.

731. 대상에 대한 애착의 증폭이 애증을 낳는다.

사랑의 증폭이 목적론을 낳고, 이혼의 증폭이 기계론을 낳습니다.

732. 매 순간이 결단의 시간이다.

가부간에 지체 없이 예는 예라고 하고, 아니면 아니라고 해야 합니다.

733. 현재는 미래의 척도다.

오늘의 됨됨이가 연이어서 내일의 됨됨이가 됩니다.

734. 반복(反復)은 질적내포(質的內包)의 것이고, 연속(連續)은 양적외연(量的外延)의 것이다.

사안(事案)에 대한 반복과 연속은 자기 정체성 확립의

촉진제입니다.

---

735. 가훈(家訓)을 만들어라.

해동공자(海東孔子)는 계이자(戒二子) 시(詩)를 남기고, 나는 심자석(心字石) 한 개를 남깁니다.

---

736. 사랑은 정의(情義)의 화신이다.

사랑은 한 가지로 잘 되기만을 바라는 마음입니다.

---

737. 사랑은 채찍이다.

진실한 사랑은 노여움이고 채찍입니다.

---

738. 용납하지 않는 사랑이란 없다.

사랑은 포괄적입니다. 거부되지도, 거부하지도 않는 것이 사랑입니다.

---

739. 세상은 기세의 싸움이다.

환경은 적응의 대상이 아니라 적용의 대상입니다.

---

740. 주여, 영육 간에 건강을 주시옵소서.

육(肉)과 영(靈) 사이, 언제나 교차점이 문제입니다.

741. 틈새를 조심하라.

여가는 재충전의 공간입니다. 사회적, 도덕적 해이가 파멸을 가져다줍니다.

742. 매일의 일기가 매일을 결산한다.

오늘은 오늘로 결산하고, 내일은 내일의 새 삶이 되게 해야 합니다.

743. 소득 성장이 노사(勞使) 간에 피를 말린다.

일할 때는 일하고, 쉴 때는 쉬는 사회가 복지사회입니다.

744. 선악이 모두 탐식가다.

선악의 비극은 서로서로 먹이사슬이라는 데 있습니다.

745. 터닝 포인트가 필요하다.

한 번쯤은 방향을 바꿔보아라. 한 우물만 파는 우직함이여!

746. 죽음을 설계하라.

한 알의 밀이 땅에 떨어져 죽지 아니하면 한 알 그대로 있고, 죽으면 많은 열매를 맺습니다(요한복음 12:24).

747. 행복은 범용(凡庸) 속에 있다.

오호라 이 시대여, 범용에 익숙하여 범사에 감사할 줄
도 모르는구나.

748. 사랑을 사유화하지 말자.

공의(公義)가 없는 사랑은 사랑이 아닙니다.

749. 이인삼각의 인생이다.

출생에서 사망까지 접목되지 않은 사안(事案)은 없습니다.

750. 문제 해결은 의지가 아니라 경청과 타협이다.

현명한 자는 남의 주장을 세워주고, 우둔한 자는 자기
주장만을 세우는 자입니다.

751. 아득바득하지 말고 느긋하게 살자.

세월을 길게 보면 기쁨도, 슬픔도 한 자락에 불과합니다.

752. 실천 제일주의로 살아야 한다.

실천가는 먼저 보고 듣고 느끼고 생각하는 사람입니다.

753. 순서 따라 하기가 사회정의다.

경계를 뛰어넘지 말자. 일에는 단계가 있고, 결실에는 과정이 있습니다.

754. 책은 광산이다.

책은 광산과 같아서 파고들어 가야 합니다. 금, 은, 동, 철이 책 속에 있습니다.

755. 아는 것이 많으면 번민도 많다.

어쨌든 식자(識者)는 사람을 사람답게 세상을 세상답게 세우기 위해서 분투해야 하는 첨병이 되어야 합니다.

756. 시간은 행동하는 직선이다.

인간은 사유하는 곡선입니다.

757. 시공(時空)은 살아있다.

시간은 유한히 유(有)를 품었고, 공간은 무한히 무(無)를 품었습니다.

758. 오, 이 시대의 너무나 인간적인 신성(神聖)의 모습이여!

오직 공법을 물같이, 정의를 하수같이 흘릴 지로다 (아모스5:24).

759. 수단은 응용하는 것이고, 방법은 적용하는 것이다.

수단과 방법은 사안(事案)의 전 단계에서 사용하면 긍정적인 것이 되고, 후에 사용하면 부정적인 것이 됩니다.

760. 짜라투스트라(zarathustra)는 이렇게 말했다. "신은 죽었다. 신은 죽은 채로 있다. 그리고 우리가 죽여 버렸다. 살인자 중의 살인자인 우리는 어떻게 스스로 위로할 것인가."

신은 죽지 않았다. 신은 노여움 속에 살아있다. 그리고 우리가 다신(多神)을 죽여 버렸다.

761. 오라, 우리가 서로 변론하자. 나는 나에게! 너는 너에게!
독백은 어떤 비밀도 말할 수 있어서 좋습니다.

762. 자문자답보다 더 좋은 대화는 없다.
다종다양한 생활과 사상 속에서는 대화만이 유일한 출구가 됩니다.

763. 흘러라. 흘러 흘러라.
정체되어있는 것은 썩습니다. 그것이 시간이든, 공간이든!

764. 현실의 디딤돌을 밟고 뛰어라.

현실에 충실한 사람이 미래지향적으로 사는 사람입니다.

765. 시간을 재단하라.

점이 선이 되고, 선이 면이 됩니다.

766. 과불급(過不及)이 죄를 낳는다.

무욕으로 사는 것이 진실하게 사는 것입니다.

767. 진리는 실천을 전제로 성립된다.

행함이 없는 진리는 진리가 아닙니다.

768. 진리를 잡아라.

호랑이를 잡으려면 호랑이 굴로 들어가야 하듯이 진리를 잡으려면 진리 속으로 들어가야 합니다.

769. 여론의 집합이 민주주의를 발양시킨다.

익명의 집합이 여론을 호도하기 일쑤입니다.

770. 예부터 종교는 홀로 의연한 것이다.

정치, 경제, 문화, 사회가 서로를 위한 서로의 먹이사슬
입니다.

771. 낙조가 찬란한 것은 끝장을 보기 때문이다.

가장 행복한 사람은 죽을 때 후회하지 않는 사람입니다.

772. 대지(大志)를 품고 뛰어라.

하늘은 나의 뜻이요, 땅은 나의 의지입니다.

773. 세상이 열린 학교다.

세상 돌아가는 물정이 모두 교과서입니다.

774. 대인 관계는 이해 아니면 몰이해뿐!

사람(人)은 서로 의지(人)하면서도 서로 각(人)을 세우는
묘한 존재입니다.

775. 결국, 역사는 신세계(神世界)의 역사였다.

진실한 역사는 역사신학뿐입니다.

776. 정의는 올곧고 비타협적인 것이다.

정의의 사도는 좌로나 우로나 치우치지 않는 사람입니다.

777. 편향적인 이성(理性)이 주의(主義)를 낳는다.

타성은 주의가 고체화된 것입니다.

778. 어깨 장신으로 사는 사람이 가장(家長)이다.

예수가 어깨 장신입니다. 수고하고 무거운 짐 진 자들은 다 내게로 오라고 하십니다.

779. 앞자리를 선점하라.

군중의 한가운데나 앞자리가 지도자의 자리입니다.

780. 존재하는 것은 모두 제자리가 있다.

존재하는 것은 모두 제자리부터 밝혀야 합니다.

781. 피차간에 너무 가까운 것은 좋지 않다.

자기 정보는 각자 자기가 관리해야 합니다.

782. 진리란 생태 본시의 모습이다.

시종이 여일하고 안팎이 동일한 것이 진리입니다.

783. 확신이 호랑이도 잡는다.

자신의 의지, 신념, 투지를 믿고 확신 있는 삶을 살아야
합니다.

784. 기술이 생명이다.

생존법은 일인일기(一人一技)가 정답입니다.

785. 오오! 상아탑이 취업을 위한 장으로 변질 되어버렸구나.

궁극적으로 상아탑도 도제(徒弟)에 교육을 해야만 합니다.

786. 뺄셈이 덧셈이다.

뺄셈으로 살려면 먼저 덧셈으로 살아야 합니다.

787. 긍정이 긍정을 낳는다.

고통도, 슬픔도 긍정적으로 보면 유익 되지 않음이 없습
니다.

788. 남 잡이가 제잡이다.

사랑하는 자가 사랑을 받고, 비난하는 자가 비난을 받
습니다.

789. 자기 몰입을 떨쳐버려라.

나르시시즘의 우준함이여. 자기 몰입은 자기 죽이기입니다.

790. 대상 속으로 들어가라.

방관자가 되지 말자. 뚫고 들어가야 답이 나옵니다.

791. 살아있어야 생선이다.

사람이 죽으면 그 뜻도 죽습니다.

792. 인생길을 길게 보아라.

젊어서보다 늙어서 세우는 계획이 더욱 귀중한 계획입니다.

793. 꼬리에 꼬리를 물어라.

잡은 꼬리 놓지 말고, 잡힌 꼬리 자르지 맙시다.

794. 속사람이 매양 나를 달군다.

화합해야 할 제일의 과제는 내 속에 있는 나와의 관계성입니다.

795. 새옹지마(塞翁之馬)의 인생이다.

고랑이 두둑 되고, 두둑이 고랑 되는 인생길입니다.

796. 이성(理性)을 개발하라.

사람이 이성적일 수 있음은 유개념(類槪念)과 종개념(種槪念)이 수시로 교차하고 있기 때문입니다.

797. 낙엽이여! 진실재(眞實在)인 이데아의 표상이여!

모든 것의 진실재(眞實在)는 종말론 위에서만 빛을 발합니다.

798. 자연의 소리에 귀를 기울여라.

자연은 언어를 통해 구체화한 신의 방심(芳心)입니다.

799. 책을 편다. 인설(仁說)을 찾아서!

음독(音讀)은 방심(放心)을 깨우고, 묵독(默讀)은 영혼을 깨워줍니다.

800. 책을 덮는다. 주의 주장에서 벗어나 본다.

종속적인 개념은 좋지 않습니다. 책은 다양성 속에서 합일을 찾는 학습서입니다.

제09장 실증할 수 없는 것들

불확실한 시대에서 확실한 것은
믿음과 소망과 사랑뿐이다

801. 좋은 습관을 기르자.

습관은 규범을 세우고, 규범은 윤리를 세웁니다. 이로써 본(本)으로 삼을 것입니다.

802. 본능이 인성을 삼킨다.

본능은 삶의 기본이나 비윤리의 대상이 되기도 합니다.

803. 순종보다 더한 미덕은 없다.

항변은 적법한 것이다. 사안(事案)의 형편을 살펴서 이를 개선하도록 도와야 합니다.

804. 믿음을 전제로 하면 모든 것이 다 실현 가능한 것이다.

고통도, 역경도 순경(順境)으로 가는 통과의례입니다.

805. 왈가왈부(曰可曰否)하지 마라.

사안(事案)에 대서는 예면 예, 아니면 아니라고 해야 합니다.

806. 인생과 노역은 동의어(同義語)이다.

노역을 즐기는 것이 인생을 즐기는 것입니다.

807. 현실은 이상에 반하지 않는다.

분명한 것은 내 속에는 현실적 자아와 미래적 자아가
동거하고 있다는 사실입니다.

808. 믿음이 의지를 낳고, 의지가 결실을 낳는다.

믿고 행하면 이루지 못한 것이 없겠습니다.

809. 무소유(無所有)의 삶을 살아야 한다.

무소유는 아무것도 가지지 않는 것이 아니라 가져서는
안 되는 것을 가지지 않는 삶입니다.

810. 악수하면서 살자.

악수는 화해와 용서, 나눔과 베풂, 친애와 감사의 따뜻
한 손길입니다.

811. 빛은 빛을 낳고, 어둠은 어둠을 낳는다.

빛과 어둠이 한데 어울려서 춤을 추는 시대를 말세라고
합니다.

812. 그리움이란 사랑이 타다 남은 그루터기다.

그리움이란 별리가 낳은 사생아입니다.

813. 별은 빛나고 있을 때만 아름답다.

일하고 있는 사람처럼 아름다운 사람은 없습니다.

814. 그림자라고 얕보지 말라.

실체 없는 그림자를 조심해야 합니다.

815. 태초에 말씀의 씨가 있었느니라.

태초에 신적작정이 있었습니다.

816. 믿고 행하면 길이 열린다.

불확실하다고 매사에 주저하고 있을 수만은 없습니다.

817. 내게 있는 탤런트를 검사해보아라.

자기가 하는 일에 대해서 자긍심을 가져야 합니다.

818. 현장 정신을 고수하자.

축복받은 사람은 현장인으로 사는 사람입니다.

819. 사랑이 사람 죽인다.

참사랑은 내게 있는 것을 다 주고 껍데기만 남는 사랑입니다.

820. 1961년도 시가지 계획령 제33조 및 행정대집행법 제2조 제1항의 규정은 다음과 같이 되어 있었다. "무허가 천막집은 공익을 해할 것이 우려되니 자진 철거치 않으면 제삼자로 하여금 이를 집행케 하고, 그 비용을 징수하도록 한다."

국가냐? 민족이냐? 민족이 먼저입니다.

821. 사람들아, 먼저 사람이 되자.

나눠 먹고 살아야 인생입니다. 기부 인생이 되어야 합니다.

822. 비전의 터 위에 신념을 심자.

비전은 상위개념이고, 신념은 하위개념입니다.

823. 혁명은 계속되어야 한다.

제4차 산업혁명 시대에 즈음하여 혁명, 혁신만이 살길임을 통감하게 됩니다.

824. 이상이 없으면 비전도 없다.

꿈은 사라져 가도다. 집아적(執我的)이고 고식적(姑息的)인 이념만을 남긴 채!

825. 어머니의 기도가 새벽을 깨우고 매일 나를 깨운다.

깊은 산골 초가집에 불빛 하나! 오, 어머니는 오늘도 나를 기다리면서 기도하고 계시는구나!

826. 책 속에는 궁합(宮合)이 있다.

책을 사랑하자. 짝사랑도 사랑은 위대한 사랑입니다.

827. 비는 일단 피하고 볼 일이다.

비를 피한다고 누가 비겁하다 할 것인가. 일보 전진을 위한 일보 후퇴입니다.

828. 대인 관계가 이해관계로 전락하였다.

손익계산이 없는 곳이 천국입니다.

829. 행동은 생각을 구체화한 것이다.

실행이 불가한 생각은 망상일 뿐입니다.

830. 세파(世波)를 타고 넘어라.

대타(對他) 관계에서는 타협과 순응이고, 대자(對自) 관계에서는 성실과 인내입니다.

831. 결혼은 개아(個我)의 무덤이다.

이혼은 개아의 부활입니다.

832. 다수의 횡포는 횡포가 아니다.

다수가 정의를 낳고, 소수가 전횡을 낳습니다.

833. 남 잡이가 제잡이다.

비난하는 자 비난을 받고, 용서하는 자 용서를 받습니다.

384. 생각보다 더 무능한 것은 없다.

행함이 없다면 수천 번의 각성과 각오가 무슨 필요가 있을 것인가.

835. 건전한 개인이 건전한 사회를 만든다.

가족공동체는 상위개념이고 사회공동체는 하위개념입니다.

836. 생각을 씹어 삼켜라.

생각은 나누어야 합니다. 나누어서 공통분모를 찾게 해야 합니다.

837. 본능과 각성 사이에 인생이 있다.

본능은 밤의 운동이고, 각성은 낮의 운동입니다.

838. 꿈꾸는 자가 간다. 어디든지 간다.

꿈은 꿀수록 더욱 풍성한 꿈이 됩니다.

839. 약속은 나의 것이다.

도무지 약속하지 말라. 자기 자신과의 맹약 외에는!

840. 요컨대 인생길은 도전을 위한 가설(假說)이 아닐까.

첫 번째는 안돈(安頓)이요, 그다음은 안분(安分)입니다.

841. 현상학이 과대망상을 부추긴다.

과소평가할 사물(事物)은 어떤 것도 없습니다.

842. 내게 묻는 말이다. "너는 지금 어디서 무엇을 하고 있느냐?"

익명성을 버리고, 신 앞에서 언제든지 자기 실존의 선명성을 드러낼 수 있어야 합니다.

843. 갈등은 좌든 우든 신념의 문제다.

갈등이란 원초적인 욕망과 이상, 윤리를 조화시킬 때 생기는 부작용입니다.

844. 결혼과 가정은 별개의 문제다.

자식을 생산하라. 자식이 없고서야 어찌 가정이라 할 수 있겠습니까.

845. 청년들아! 앞을 향해 달려라!

뒤는 돌아보지도 말라. 언제나 새로운 도전 앞에 서서 개척자적인 삶을 살아야 합니다.

846. 사랑만으로는 살 수가 없다.

믿음, 소망, 사랑은 모두가 생명선을 위한 호환 관계입니다.

847. 본능은 순진무구한 것이다.

본능은 죄가 아닌데 세상이 수상하여 죄처럼 되어버렸습니다.

848. 아기들처럼 될지어다.

아기들 웃음소리 있는 곳이 지상 천국입니다.

849. 시간을 아끼지 말라.

시간의 창고를 열어젖혀라. 시간을 많이 쓰면 쓸수록 많은 열매를 맺게 됩니다.

850. 찰나는 바로 그때! 절차상 그렇다는 것이다.

찰나는 없습니다. 우주 만물에 충만해있는 본디부터의 영겁입니다.

851. 아아, 미친듯이 광야를 달리는 나의 이 달음박질은 언제나 끝날 것인가.

조금만 더 참고 달려라. 저기 저 산모롱이만 돌아가면 양양한 바다가 보일 것이옵니다.

852. 때때로 시각을 바꿔서 보라.

때로는 거꾸로 본 세상이 바른 세상일 수 있습니다.

853. 날마다 새로움을 입고 살자.

오늘은 어제의 새날이고, 내일은 오늘의 새날이 되게 해
야 합니다.

854. 인권의 토대 위에 핀 꽃을 민주주의라고 한다.

자유, 평등, 평화는 인권신장의 꽃봉오리입니다.

855. 세상사 모두 내가 할 탓이다.

자중(自重), 자숙(自肅), 자성(自省), 자제(自制), 자강(自强)
정신으로 살아야 합니다.

856. 생각은 얕고, 마음은 깊다.

마음으로 생각하면 지난(持難)한 것은 아무것도 없습니다.

857. 지혜는 마음의 본령이다.

마음이 생각을 담아서 지혜가 됩니다.

858. 결혼은 내연(內緣)의 소산이다.

사랑은 외연(外延)이고, 결혼은 내포(內包)입니다.

859. 내가 만병의 근원이다.

이런 것들이 나를 병들게 합니다. 인간적인, 너무나 인간적인 믿음과 소망과 사랑!

860. 선험적인 사랑은 없고, 실증 불가한 사랑도 없다.

보고, 듣고, 체험한 다음에야 사랑의 진실을 말할 수 있습니다.

861. 세상을 재단하라.

세상의 사물이 내 능력의 사정권 안에 들어있지 않음이 없습니다.

862. 심신을 자유롭게 하자.

열린 마음으로, 비밀이 없는 일상으로 살아야 합니다.

863. 늦게 자고, 일찍 일어나라.

수면이 많으면 침상이 결국에는 병상 됩니다.

864. 사랑하고 축복하자.

사랑은 돌아옵니다. 축복하면 축복도 내게로 돌아옵니다.

865. 시간은 직선으로 달려가고, 진리는 원을 타고 돌아간다.

상호 관계 속에서 성립되는 것이 진리입니다.

866. 노동의 가치는 지속성의 가치다.

노동에 사념이 가해지면 노역(勞役)이 됩니다.

867. 자기 분수를 뛰어넘어라.

반드시 순천명이 옳고, 역천명이 나쁜 것은 아닙니다.

868. 필연만이 살길이다.

신(神) 세계에 우연이란 없습니다. 우연을 필연이 되게 해야 합니다.

869. 어떻게 사느냐보다 어떻게 죽느냐가 문제다.

오늘이 마지막 날이라는 생각으로 살아야 합니다.

870. 공부가 세상을 바꾼다.

열심히 공부하면 다른 사람들도 밥 먹여줄 수 있습니다.

871. 예술의 척도는 감응의 척도다.

혼(魂)이 없는 예술은 기예일 뿐입니다.

872. 상통하는 곳에서 믿음이 자란다.

믿음은 사랑을 터전으로 삼고, 사랑은 소망을 터전으로 삼습니다.

833. 뜻이 있는 곳에 길이 있다.

작은 뜻은 웅크려 안는 것이고, 큰 뜻은 밖으로 펴는 뜻입니다.

834. 늦게 자고 일찍 일어나라.

잠이 시간을 죽인다. 깨어 있는 시간이 참 시간입니다.

875. 내 몸이 명당이다.

입지조건이 나보다 더 좋은 곳은 없다. 믿고 심은 만큼 열매를 거둡니다.

876. 경성하고 각성하라.

지금까지 걸어온 길이 천 리라면 앞으로 가야 할 길은 만 리입니다.

877. 역사는 증언한다.

역사는 인간의 자유의지에 신의 섭리가 첨삭된 것입니다.

878. 매시간이 결단의 시간이다.

오늘의 결단을 내일로 미루지 맙시다.

879. 만나고 헤어짐이 다 아름다운 것이다.

가는 선배 환송하고, 오는 후배 환영합시다.

880. 세상은 다신(多神)의 집합이다.

집착이 신념을 낳고, 신념이 맹신을 낳습니다. 맹신이
다신을 낳았습니다.

881. 광음이 겨같이 날린다.

광음이여, 알맹이만 두고 너만 가거라!

882. 용기가 기적을 낳는다.

믿음의 실천적 정화가 용기입니다.

883. 초심으로 돌아가라.

본시 본연의 자태처럼 아름다운 것은 없습니다.

884. 분업화가 능사(能事)다.

각자 부여받은 재능과 사역에 충성하는 것이 최적의 삶을 사는 것입니다.

885. 공동체 구성의 제1조는 사회정의를 구현하는 데 있다.

공동체 구성의 제2조는 유무상통(有無相通)하는 데 있어야 합니다.

886. 시시비비에 토를 달지 말자.

사회악은 예를 아니라고 하고 아님을 예라고 하는 데 있습니다.

887. 도전이라는 이름으로 청춘을 굴레 씌우지 말라.

도전이 왕도는 아닙니다. 왕왕 도전이 만용을 부르기 때문입니다.

888. 세상은 신토(身土)가 어울리면서 사는 곳이다.

천국은 신인(神人)이 어울리면서 사는 곳입니다.

889. 사회적인 약자를 선대(善待)하자.

갇힌 자와 병든 자, 주리고 목마른 자에게 나눔과 베풂을 주어야 합니다.

890. 세밑에는 아무도 희망을 말하지 않는다.

아아, 혼돈과 공허, 배덕의 계절이여. 흉흉한 시공, 옛것은 광음과 같이 말려서 떠나가고, 악덕과 궤휼의 극렬한 불꽃이여, 타거라! 죽어서 세밑의 재가 되어라!

891. 시원(始原)의 노래를 다시 부르자.

매일 출발선 앞에 섭니다. 매일의 출발이 매일의 열매를 거두게 합니다.

892. 유·무식 간에 품성대로 살아야 한다.

성선설(性善說)을 찬양한다. 사람은 본래 무흠한 존재였습니다.

893. 호구지책이 일터를 달군다.

호구지책에 은퇴는 없습니다. 현장을 끝까지 사수해야 합니다.

894. 자율적인 사람이 되자.

이웃 사랑이 자기 사랑이요, 자기 사랑이 이웃 사랑이
되게 해야 합니다.

895. 가정이 인생의 중심이다.

가정이 모든 것의 출발점입니다. 내 가정, 내 가족 지킴
이 아니라면 사회정의가 무슨 소용됨이 있으리오.

896. 지성(至誠)을 생활화하자.

생활의 으뜸 지혜는 지성입니다.

897. 이전투구에서 발을 빼어라.

명분대로 살면 됩니다. 남 탓하지 말고 자기 탓만 하면
됩니다.

898. 법이 죄를 만든다.

법령을 최소화하라. 법 조항이 많아질수록 죄의 항목도
많아집니다.

899. 최선을 다하는 것은 심력(心力)을 다 하는 것이다.

오늘은 어제의 심력으로, 내일은 오늘의 심력으로 이루어지는 것입니다.

900. 여백(餘白)은 거룩하다. 침노할 수 없는 상상의 거룩함!

생각도 차면 넘칩니다. 조금 모자라는 것이 완전한 것입니다.

제10장 현장인

살고자 하면 죽고, 죽고자 하면 산다.

901. 세상은 모두 짝수 세상이다.

홀로 푸르고 푸르면 불임이 될 뿐입니다.

902. 인생의 가치는 노동의 가치다.

노동의 신성함이여. 참된 이치와 도리는 모두 노동에서 나옵니다.

903. 책은 진리의 대언자다.

책 속에는 각종 지혜와 경구, 행동 지침이 내재하여 있습니다.

904. 여생을 정화같이 불태워라.

낙조가 아름다운 것은 마지막 생명을 아낌없이 불태우기 때문입니다.

905. 일보(一步), 내일을 향해 또 일보!

일보 전진을 위해서는 일보 후퇴가 필수입니다.

906. 인생은 글쓰기와 같다.

완전한 문장이란 없습니다. 퇴고를 거듭하면서 미완성인 단락을 어떻게 연결해야 할지 그것을 고민해야 합니다.

907. 실천이 없으면 오류도 없다.

확신이 없어도 행해야 합니다. 부족을 채우면서 가는 것이 실천입니다.

908. 파괴는 건설의 어머니다.

새 역사의 창조는 기존의 질서와 가치를 파괴하는 데서부터 시작됩니다.

909. 푯대를 향해 달려라.

좌로나 우로나 치우치지 말고 앞만을 향해 달려야 합니다.

910. 줄이 끊어졌다고 낙심하지 말라.

많고 많은 것이 세상 줄입니다. 줄이 끊어졌으면 다른 줄을 잡으면 됩니다.

911. 주객이 전도된 세상이다.

세상은 객관의 세계고, 천성은 주관의 세계입니다.

912. 변해야 산다.

새로워지려면 변해야 합니다. 거듭 변해야 새로워집니다.

913. 살아있음에 감사하자.

일거일동이 모두 생명의 예찬이 되게 해야 합니다.

914. 때로는 생각을 반대로 해보자.

이상이 꽃피는 나무가 있다면 생각의 반대편에 있을 수도 있습니다.

915. 신은 사람에게 당근과 채찍을 주었다.

당근은 목표로 유인하는 강력한 행동 전략입니다(어언 에어즈).

916. 겸양은 타인에게만 미덕일 뿐이다.

자존감으로 자기 진도를 나타내면서 살아야 합니다.

917. 진력 여하에 후회란 없다.

준비가 최선이요, 실행이 차선입니다.

918. 매일의 삶이 어찌 그리도 복되고 아름다운지요.

뜨는 해는 활기와 도전을 안겨주고, 지는 해는 보람과 안위를 안겨줍니다.

919. 가정이 행복의 근간이다.

이상적인 가정은 순종과 관용, 절제가 있는 가정입니다.

920. 계단을 만날 때마다 토를 달지 말자.

환란과 질고, 역경이 인생 최고의 지대한 선생님입니다.

921. 우주 만물은 일률(一律)과 짝수로 구성되어 있다.

신의 수는 일률이고, 인간의 수는 짝수입니다.

922. 지식은 진화한다.

피폐한 세상입니다. 지식이 산업화로만 달려가서 선지식
(善知識)이 퇴화하고 있습니다.

923. 은근과 끈기가 이긴다.

삶이 고달파도 의지를 여일하게 하면 성취하지 못하는
것이 없습니다.

924. 이해득실이 세파를 낳는다.

세파를 뚫고 잔잔한 피안에 이르게 하소서!

925. **성경을 요약하면 대자(對自), 대타(對他), 대신(對神) 관계가 된다.**

성경대로 살아야 합니다. 자신에 대해서는 진실해야 하고, 타인에 대해서는 겸손해야 하며, 하나님에 대해서는 충성해야 합니다(김치선 목사).

926. **재화를 쌓아두지 말라.**

재화의 가치는 용도의 가치입니다.

927. **독립 정신에 하자는 없다.**

진취적인 기상으로 독립만세를 불러야 합니다.

928. **자력(自力)을 경신하라.**

의타적인 습속에서 벗어나 자강의 강도를 높여야 합니다.

929. **덕목(德目)들이 비대칭(非對稱)이다.**

덕목들이 상응하여 자연수(自然數)를 낳습니다.

930. 죽으면 죽으리다.

사는 것이 죽는 것이요, 죽는 것이 곧 사는 것(生卽死 死卽生)이라고 하였으니 사는 것과 죽는 것은 동일한 것이 됩니다.

931. 나의 일생은 나 되지 못한 나와의 싸움이었다.

산다는 것이 결국은 긍정적인 나와 부정적인 나와의 싸움이었습니다.

932. 북망산이 죽음의 도장(道場)일 줄이야!

죽어봐야 압니다. 세상이 얼마나 아름다운 곳이었는지를! 북망산에 가 보면 깨닫게 됩니다.

933. 행복은 짝수에서 오고, 불행은 홀수에서 온다.

창조의 비밀은 이분화와 대각(對角)에서 찾을 수 있습니다.

934. 생각을 단순히 가다듬어라.

생각이 많으면 변괴도 많다. 한 가지 일에 전념하는 사람이 행복한 사람입니다.

935. 취미가 도(道)와 덕(德)을 함양시킨다.

나 하기 나름이다. 눈짓 한 번, 손짓 한 번에 도가 생기기도 하고, 덕이 무너지기도 합니다.

936. 내가 나의 디딤돌이다.

오늘의 나는 어제의 나요, 내일의 나는 오늘의 내가 되어야 합니다.

937. 인생에 지름길이란 없다.

점진적, 순차적으로 가는 길이 제일 빠른 길입니다.

938. 부동(不動)이 세파를 제어한다.

제자리를 지켜라. 부동심(不動心)이 세파를 이깁니다.

939. 양화(良貨)는 곱셈이고, 악화(惡貨)는 뺄셈이다.

선(善)는 나누기고, 악(惡)은 덧셈입니다.

940. 유물론을 갈(耕)면 유신론이 나온다.

말세는 유신론자들이 유물론을 찬양하고 있을 때입니다.

941. 사랑에는 다함이 없다.

참사랑은 사랑과 미움과 갈등 등 모두 섞어서 아우릅니다.

942. 참사람이 없다.

사람의 탈을 쓰고 있는 악귀들이 중성자와 더불어서 사는 것이 현대상(現代像)입니다.

943. 끝까지 남는 자가 이긴다.

끝까지 버티어라. 어리석은 사람은 눈앞의 것만을 추구하는 사람입니다.

944. 믿음이 소망을 낳고, 소망이 사랑을 낳는다.

믿음은 밭이고, 소망은 작물이며, 사랑은 열매입니다.

945. 천연자원은 우리의 밥이다.

개발에 박차를 가하라. 천연자원을 환경 파괴라는 이름으로 묵혀둘 수는 없습니다.

946. 노동의 가치는 땀에 비례한다.

땀이 만능자다. 이름도 없고, 빛도 없으나 이루지 못함이 없습니다.

947. 개척자적인 삶을 살아야 한다.

개척자는 남의 터 위에 집을 짓지 않는 사람입니다.

948. 정신의 궁극은 일도(一途)에 있다.

정신일도면 감성이 오성(悟性)을, 오성이 감성을 이끌게 됩니다.

949. 삶이여, 총체적으로는 죽음까지 품었구나.

죽어서도 살아야 하는 것이 인생에게 부과된 과제입니다.

950. 신은 누구인가. 흑백논리자다.

궁극적으로 신 앞에서는 살든지 죽든지 해야 합니다.

951. 자문자답으로 활로를 찾아라.

문제는 내게 있고, 해결책도 내게 있음을 왜 진작 깨닫지 못했던가!

952. 현실에 충성하라.

니체는 말합니다. "이상과 사랑이 아무리 고매할지라도 현실성이 없다면 무슨 소용됨이 있겠는가."

953. 상식 밖에 새 세상이 있다.

상식을 뛰어넘어라. 우물 안의 개구리는 상식 속에서 사는 사람입니다,

954. 마음의 길이 올곧은 길이다.

마음의 길잡이는 영성(靈性)뿐입니다.

955. 역리적 현상들이 정의를 분기시킨다.

정반합(正反合)은 대칭 관계에 있는 것의 산물입니다.

956. 미련이 있는 여자는 아름답다.

추억이 있는 남자는 남루합니다.

957. 네 마음을 지켜라.

올바른 생각, 건전한 정서, 값진 동기가 마음의 지킴이입니다.

958. 세상이 너를 부르고 있다.

부름에 답하면서 나갈 수 있도록 항상 준비하고 있어야 합니다.

959. 슬기로운 사람은 자기를 객관화하는 사람이다.

미련한 사람은 자기의 주관만을 믿고 나가는 사람입니다.

960. 어머니의 말씀이다. "세상 것을 바라보지 말고 하늘 것만을 바라보아라."

비록 땅 위에서 살고 있지만, 하늘 위에 속한 삶을 살아야 합니다.

961. 복수(複數)만이 대안이다.

단수만으로는 살 수 없는 인생길입니다.

962. 운명이 숙명을 논하다.

세상은 신의 영역과 인간 영역의 각축장입니다.

963. 삶이 죽음이냐, 죽음이 삶이냐? 그것이 난제로다.

철학은 삶에서 죽음을 논하고, 신학은 죽음에서 삶을 논합니다.

964. 진리는 곧바로(直線) 나아가는 것이다.

비진리는 뱅뱅 도는(圓形) 것입니다.

965. 항상 자문자답하면서 살아야 한다.

나는 누구인가? 지금 어디 있느냐? 무슨 일을 하고 있
는가?

966. 생각과 행동은 수레의 두 바퀴다.

생각과 행동은 일심동체여야 합니다. 한 바퀴로는 아무
것도 이룰 수 없습니다.

967. 독서는 지각을 닦고, 명상은 영혼을 닦는다.

지혜의 샘이 독서와 명상을 통해서 흘러나옵니다.

968. 자신의 눈을 통해 세상을 보아라.

독서는 다른 사람의 경험을 참조하는 것이고, 명상은
내면의 진리를 탐구하는 것입니다.

969. 무모하지 않은 도전은 없다.

길은 어느 길이나 인위적으로 만들지 않음이 없습니다.

970. 지성은 지혜의 첫걸음이다.

지혜는 본체고, 지성은 지체입니다.

971. 역사는 진화한다.

목적론으로 살기를 원합니다. 무릇 역사란 태반이 목적론의 역사였다는 생각입니다.

972. 역사는 심판하는 신의 역사였다.

전쟁의 연출자는 신이었고, 배역은 언제나 인간이었습니다.

973. 평화의 제단에 침을 뱉어라.

평화는 피의 대가로 쟁취한 것입니다.

974. 공명(共鳴)이 공명을 부른다.

사랑받기를 원한다면 먼저 사랑을 줘야 합니다.

975. 젊은이는 늙은이같이 살고, 늙은이는 젊은이같이 살아야 한다.

늙은이의 지혜로움과 젊음의 패기가 세파를 이기는 원동력입니다.

976. 오늘의 열매는 오늘로 족한 것이다.

내일의 열매는 내일 거둬야 합니다.

977. 가다가 한 번쯤은 뒤돌아보아라.

오늘의 나는 어제의 내가 진작시켜준 결과물입니다.

978. 꿈꾸는 사람이 되자.

꿈은 선험적인 것이다. 생멸 유전하는 현상이 모두 꿈속에 있습니다.

979. 적극적으로 생각하면 믿을 것은 나밖에 없다.

나는 나의 신념과 도전정신을 확신합니다.

980. 지혜로운 사람은 말을 적게 하고, 듣기를 좋아하는 사람
이다.

듣기는 빨리하고, 말하기는 더디게 해야 합니다(약 1:19).

981. 사랑을 타산(打算)하라.

사랑의 어리석음이여. 주고받아야 사랑입니다.

982. 난마를 어떻게 뚫을 것인가.

정답은 언제나 초심(初心)에 있습니다.

983. 미련처럼 미련한 것은 없다.

미련을 버려야 실존이 보입니다.

984. 여권신장이 파탄을 부른다.

순응은 하되, 순복은 하지 말아야 합니다.

985. 목적을 향해 뛰어라.

사람이 만물의 영장임은 목적이 있기 때문입니다.

986. 시련이 아니면 극복도 없다.

시련을 만나거든 온전히 기뻐해야 합니다(약 1:1~9).

987. 공간(空間)이 희망이다.

오욕(五慾)에 찌든 마음부터 비워라. 비워야 채웁니다.

988. 은퇴 없는 삶을 살자.

제일 행복한 사람은 일터가 있는 노인입니다.

989. 정회(情懷)일랑 묻어버려라.

정회를 풀 수 있는 곳은 북망산뿐입니다.

990. 차별화로 두각을 나타내어라.

똑같은 생각, 똑같은 언행으로는 추종자가 될 뿐입니다.

991. 창조 원리에서 지혜를 배운다.

창조는 순차적으로 되었고, 섭리는 점진적으로 된다는
사실입니다.

992. 맹신은 파멸의 선봉장이다.

참믿음과 참소망, 참사랑은 상대적인 것입니다.

993. 자신의 진도(進度)를 나타내어라.

안타까운 것은 우리가 모두 사물(事物)의 노예가 되어있다는 사실입니다.

954. 세월이 간다고 절망하지 말자.

내일에는 또 내일이 있음을 기뻐해야 합니다.

995. 우리는 모두 길 위에 있다.

어디로 가고 있는가, 무엇 때문에 가고 있는가, 왜 가야하는가? 자문자답할 수 있어야 인생입니다.

996. 생각을 바꾸면 통찰이 보인다.

신망애(信望愛)는 비가시광선입니다. 볼 수는 없지만 들을 수는 있습니다.

997. 내가 바로 명당이다.

최상의 가치는 현장의 가치와 정비례합니다.

998. 귀로(歸路)를 질주하라.

제일의 일터는 집터입니다.

999. 창문에 어린 작은 불빛 하나!

오, 어머니는 오늘도 탕자 같은 나를 위해 기도하고 계
시구나!

1000. 청년들에게 고한다. 강하고 담대하라.

파도야, 뇌성아, 울부짖어라. 장미의 이름으로 대답하리라.